U0923279

叙事诗二 · 童话

普希金文集 7

上海译文出版社

ПОЛНОЕ СОБРАНИЕ СОЧИНЕНИЙ VII

冯 春——译

А. С. ПУШКИН

《努林伯爵》 K. A. 索莫夫 绘　1899 年

《波尔塔瓦》 К. И. 卢达科夫 绘　1947 年

《波尔塔瓦》 Вл. А. 谢洛夫 绘　1949 年

《波尔塔瓦》 Вл. А. 谢洛夫 绘　1949 年

《铜骑士》 A. H. 别努阿 绘 1903—1922 年

《铜骑士》 A. H. 别努阿 绘 1903—1922 年

《神父和长工巴尔达的故事》 B. A. 米拉谢夫斯基 绘　1963 年

《神父和长工巴尔达的故事》 B. A. 米拉谢夫斯基 绘　1963 年

《神父和长工巴尔达的故事》 B. A. 米拉谢夫斯基 绘　1963 年

《神父和长工巴尔达的故事》 B. A. 米拉谢夫斯基 绘 1963 年

《萨尔坦皇帝》（石版画）H. C. 冈察洛娃 绘刻　1921 年

《萨尔坦皇帝》（石版画）H. C. 冈察洛娃 绘刻 1921 年

《萨尔坦皇帝》（石版画）H. C. 冈察洛娃 绘刻 1921 年

《渔夫和金鱼的故事》 B. M. 科纳谢维奇 绘　1920 年

《渔夫和金鱼的故事》 B. M. 科纳谢维奇 绘　1920 年

《渔夫和金鱼的故事》 B. M. 科纳谢维奇 绘 1920 年

《死公主和七勇士的故事》 И. Л. 布鲁尼 绘 1969年

《死公主和七勇士的故事》 И. Л. 布鲁尼 绘　1969 年

《金鸡的故事》 Ф. Л. 索洛古勃 绘　1890 年

《金鸡的故事》 Ф. Л. 索洛古勃 绘 1890 年

目　次

叙事诗

童话

叙事诗

努林伯爵

1825

该走啦，该走啦！号角已吹响；
犬夫们都一身出猎打扮，
拂晓前就一一骑在马上，
跟前蹦跳着一群猎犬。
老爷来到门前的台阶上，
手叉腰，把一切细细察看；
他那得意洋洋的面孔，
容光焕发，愉快而庄严。
他身穿高加索紧身短上衣，
腰带上插着土耳其短刀，
怀里揣着一壶罗木酒，
青铜链条上挂着号角。
妻子戴着睡帽，披着围巾，
勉强睁开惺忪的睡眼，
面带着愠色从窗口里面
瞧着忙乱的人群和猎犬……
这时丈夫的马牵来了；
他抓住马鬃，踏上马镫，

对妻子喊了一声：别等我！
便催动马匹，登上了路程。

在九月末梢这个时节里
（用句粗俗的散文来表达），
乡村里很无聊：泥泞、连阴雨、
萧瑟的秋风、细碎的雪花，
还有饿狼的嗥叫；可正是
猎人大显身手的好机会！
他不图安乐，在猎场驰骋，
到处都有宿夜的营地，
他骂骂咧咧，湿透了全身，
为横扫山野的追猎而畅饮。

丈夫不在家，太太孤零零，
她在家可以做些什么？
要做的事情难道还会少：
她可以腌蘑菇，可以喂鹅，
吩咐准备午餐和晚餐，
去仓库和地窖随便看看——
主妇到处都得留点神，
她一下子就能发现些疑点。

不幸的是，我们的女主角……
（啊！我忘了给她取个芳名，
丈夫干脆叫她娜塔莎，

可我们——我们要对她尊称
娜塔丽亚 · 巴甫洛夫娜）
不幸的是，我们的女主角
娜塔丽亚 · 巴甫洛夫娜
完全不为家务事操劳；
因为她没有学过家规，
而是在贵族女子中学
侨民法丽巴太太那里
完成自己应修的学业。

她坐在窗口。在她面前
打开一本小说的第四卷，
那是感伤主义的长篇小说
《爱丽莎和阿尔芒的爱情，
亦名两个家庭的书简》。
那是一本古典旧小说，
特点是很长，很长，很长，
既醒世劝善，又正儿八经，
全没有浪漫的胡思乱想。

娜塔丽亚 · 巴甫洛夫娜
起初还看得十分专心，
可一头山羊和看家狗突然
在窗外斗得难解难分，
这情景使她觉得很有趣，
于是她渐渐看得出了神。

孩子们在那里看得大笑。
这时窗下有一群火鸡
悲怆地鸣叫，威严地走出来，
跟着一只湿淋淋的公鸡。
三只鸭子在水洼里扑腾，
一个村妇穿过泥泞的庭院，
在篱笆上面晾晒衣衫，
眼看天气已变得更阴沉——
看样子就要飘起雪花……
突然传来一阵铃铛声。

谁在穷乡僻壤住久了，
朋友，他一定有切身的体会，
有时远处传来的铃铛声
会如何扣动我们的心扉。
会不会是远方迟来的朋友，
充满豪情的青春的知交？……
会不会是她呀？……啊，我的天！
瞧，更近了，更近了……心在怦怦跳……
可是过去了，铃声过去了，
越来越弱……消失在山坳。

娜塔丽亚·巴甫洛夫娜
听见了铃声，好不欢喜，
她直奔阳台，一看，在河边，
磨坊旁，一辆马车在飞驰。

上了桥——上我家来的！不；
它向左边转了弯。她呀，
紧盯着它，差点失声痛哭。

啊，多高兴！到了山坡上。
可突然，车翻了。“菲尔卡，瓦西卡！
有人吗？快点！看那辆马车。
快点把它拖到院子里来呀，
请那位先生来家吃晚饭！
可他还活着吗？快去看仔细，
快点，快点！……”
仆人忙跑去。
娜塔丽亚·巴甫洛夫娜
急忙理好蓬松的鬈发，
披上围巾，拉好窗帘，摆好椅子，
等待着。“快来了吗，上帝？”
终于看见了，来啦，来啦。
在长途旅行中溅满了泥浆，
一辆马车已严重损坏，
可怜巴巴被拖了过来。
后面是瘸着腿的年轻老爷，
法国仆人并不垂头丧气，
他对主人说：“*走吧，勇敢些！*”[①]
他们上了台阶，走进门廊里。

① 原文为法语。

乘这会儿人们在给老爷
安排宿夜的单独的客房，
他们给来客打开了房门，
乘皮卡尔[1]忙碌着，吵吵嚷嚷，
老爷也想要换换衣服，
要不要听我把来客说个周详？
努林伯爵来自外国异域，
他在那里的时髦旋风里
把未来的收入尽情花光。
他打扮得像只珍奇野兽，
这时正要前往彼得堡，
带着成箱的燕尾服和背心、
折扇、斗篷、紧身衣和便帽，
别针、袖扣和长柄眼镜，
彩色的手帕、透明的[2]长袜、
基佐写的可怕的小册子[3]、
一册辛辣讽刺的漫画、
一本瓦尔特·司各特[4]的新小说、
巴黎宫廷里的种种俏皮话、
贝朗瑞[5]最近发表的歌谣、

① 原文为法语。
② 原文为法语。
③ 基佐（1787—1874），法国资产阶级历史学家和政治活动家。曾任七月王朝总理。主要有法国历史方面的著作。这本书指他反对查理十世、为革命辩护的小册子。
④ 瓦尔特·司各特（1771—1832），英国诗人、历史小说家。著有《艾凡赫》《皇家猎宫》等小说。
⑤ 贝朗瑞（1780—1857），法国诗人。

罗西尼[1]和佩尔[2]所作的乐曲，
等等，等等，[3]恕不一一列举。

晚餐已备好。时候早到了；
主妇已等得急不可耐。
门开了。伯爵走了进来，
娜塔丽亚·巴甫洛夫娜
欠起身，彬彬有礼地探问，
他怎么样？脚是不是跌坏？
伯爵回答了一声：不要紧。
大家入席。他也坐下来，
向她挪了挪自己的餐具，
就此开始了他们的谈话，
他咒骂神圣的俄罗斯，惊奇
怎能在它冰天雪地里生活，
对巴黎表示十分惋惜……
“剧院怎么样？”“啊！很冷落，
情况很不好，简直是可怜。[4]
塔尔马[5]已聋了，身体很衰弱，
玛尔斯[6]小姐——已进入老年……

① 罗西尼（1792—1868），意大利歌剧作曲家。作有《塞维勒的理发师》等歌剧和乐曲。
② 佩尔（1771—1839），意大利作曲家。
③ 原文为拉丁语。
④ 原文为法语。
⑤ 塔尔马（1763—1826），法国悲剧演员。
⑥ 玛尔斯（1779—1874），法国喜剧演员。

只有波狄埃[1]，伟大的波狄埃！[2]
只有他一个人在观众当中
至今还享有当年的名声。”
“如今流行哪个作家的作品？”
“还是那个达林库[3]和拉马丁[4]。”
“我们这儿也有人模仿他们。”
“真的吗？这么说我国的思想
也已经在开始慢慢地前进？
上帝保佑，让我们文明一点！”
“腰身怎么做？”“做得很低，
几乎到……按现时流行的风气。
请让我看看您的服装……
荷叶边，蝴蝶结……这里是花饰……
这很接近流行的款式。”
“我们订阅《莫斯科电讯》[5]。”
“啊！……那轻松喜剧真好玩，
您想不想听一听？”于是伯爵
唱了起来。“哦，伯爵，请用餐。”
“我饱了。”于是……

他们站起来，

离开餐桌。年轻的主妇

---

① 波狄埃（1775—1836），法国喜剧演员。
② 原文为法语。
③ 原文为法语。达林库（1789—1856），法国小说家。
④ 拉马丁（1790—1869），法国诗人。
⑤ 尼·波列伏依主编的一种杂志，上有时装图。

今天显得特别地快活。
伯爵则完全忘记了巴黎，
他惊奇：这主妇真是个尤物！
黄昏不知不觉过去了，
伯爵有点儿如痴如醉。
主妇的目光时而含情，
时而又暗淡，毫无情意……
转眼已到了夜半时分，
仆人早就在前厅打鼾，
邻居的公鸡已经在报晓，
守夜的更夫还在打更，
客厅里蜡烛已经燃完。
娜塔丽亚·巴甫洛夫娜
站起身："该睡了，床已铺好，
再见，晚安。"多情的伯爵
情意绵绵，他好不懊恼，
站起来，吻吻她的手——怎么着？
有谁不愿意讨人欢喜？
这活泼的太太轻轻地捏了捏
伯爵的手。啊，原谅她，上帝！

　　娜塔丽亚·巴甫洛夫娜
更了衣，芭拉莎对着她站立。
我的朋友们，这个芭拉莎
是她的心腹，最了解她的心意。
她会缝补洗涤、传播流言，

常会讨几件穿过的衣裳，
有时和主人胡闹嬉戏，
有时对主人大叫大喊，
她也会对太太大胆地撒谎。
这时她一本正经地议论
伯爵和他的种种事情，
不放过任何一件小事，
天晓得她怎么来得及打听。
但是太太终于对她说：
“行了，我已经听得腻烦！”
她吩咐拿来短衣和睡帽，
躺下，接着赶她去安眠。

这时候，在法国仆人服侍下，
伯爵已换好睡觉的衣装。
他上了床，吩咐给他雪茄烟，
皮卡尔先生[①]给他送上
长颈玻璃瓶、白银的酒杯、
雪茄烟、青铜的蜡烛台座、
带弹簧的夹子、一台闹钟，
还有一本未裁开的小说。

他躺在床上，一目十行
把瓦尔特·司各特的小说浏览。

---

① 原文为法语。

可伯爵有些心猿意马……
一个念头总在心间盘桓，
为此而心神不宁，他心想：
“难道我真的坠入了情网？
如果是真的？……那倒很有趣！
这件事想来倒是很不错。
看样子，那主妇准是喜欢我。”
于是努林把蜡烛吹熄。

那伯爵浑身燥热难当，
他睡不着。魔鬼抓住他不放，
它用那罪恶的幻想挑动
他的情感。我们的主人公
情火狂燃，生动地想象
主妇那含情脉脉的双眸、
她那丰盈饱满的模样、
纯属女性的悦耳的声音、
乡村里特有的红润脸蛋——
健康比胭脂还要漂亮。
他记得那纤纤素足的尖尖，
他记得：是的，确实是这样！
她用那随意伸出的小手
握住他的手；他真是个笨蛋，
他应该留下来，和她在一起，
抓住机会，逢场作戏一番。
但时机没有过去，现在

她的房门一定没有关闭……
于是他立即披上那件
色彩斑斓的丝绸睡衣，
在黑暗中撞翻一把椅子，
这一位新的塔昆涅斯
大胆地向鲁克丽丝走去，①
希望得到甜蜜的赏赐。

　有时候那狡猾的公猫，
女仆的装腔作势的宠儿，
就是这样悄悄地从炕上
溜去捉耗子：它慢慢爬过去，
眯起眼睛，悄悄地接近，
轻摇着尾巴，把身子一弓，
张开它那灵巧的利爪，
蓦地扑去，逮住那可怜虫。

　坠入爱河的伯爵在黑暗中
摸索着，寻找路径走出去。
他饱受欲火中烧的煎熬，
心里紧张，几乎透不过气——

---

① 莎士比亚的长诗《鲁克丽丝受辱记》叙述：罗马王政时代最后一个国王塔昆涅斯率领罗马贵族去围攻阿狄亚城。一天晚上罗马军队的高级将领在塔昆涅斯帐篷里聚会，每人夸耀自己妻子的美德。其中柯拉廷纳斯更盛赞其妻鲁克丽丝贤淑无比。塔昆涅斯因鲁克丽丝的美貌而动心。不久后，他潜入鲁克丽丝卧室，强行施暴。鲁克丽丝悲痛欲绝，要丈夫为她报仇，接着便猝然举刀自杀。结果塔昆涅斯被放逐，国政由国王转入执政官之手，罗马开始了共和制。

脚下的地板要是咯吱一响，
他立即吓得心惊胆战。
这时他来到那思念的门口，
抓住青铜的把手一转，
门儿轻轻地轻轻地打开……
他一看：一盏灯微微地点燃，
幽幽地照亮着这间卧房，
主妇正在静静地安睡，
不然就是装作睡得很香。

他走进去，犹豫着，往后退——
突然扑倒在她的脚下。
她呀……这时候，恕我斗胆
请求彼得堡的女士们想一想，
我的娜塔丽亚·巴甫洛夫娜
惊醒过来是如何恐惧，
想想她该怎么对付他。

她呀，睁开大大的眼睛，
望着伯爵——我们的主人公
把书本上看到的情话向她
倾倒，还用轻薄的举动
试图伸手去摸她的被子，
起初她真是手足无措……
然而立即就清醒过来，
伯爵的冒犯使她怒不可遏，

再说，也许还由于害怕，
她挥手给了这塔昆涅斯
一记耳光。对，对，一记耳光，
而且是那么狠的一记！

　努林伯爵羞得无地自容，
只好将这番羞辱暗自吞咽。
他心中真是恼恨交加，
正不知他将如何收场——
这时狮子狗突然吠叫起来，
打破芭拉莎酣畅的美梦。
伯爵听见了她的脚步声，
他狠狠咒骂这一夜的寄宿
和那喜怒无常的美人，
赶快掉转身羞愧地逃遁。

　伯爵、主妇，还有芭拉莎
怎样打发这一夜的剩余时间，
你们都可以尽情想象，
我不想插手替你们包办。

　第二天早晨，伯爵闷闷不乐
起了床，垂头丧气穿了衣衫，
他打着呵欠，心不在焉地
把粉红色的指甲修剪，
他马马虎虎系好领带，

也没用蘸上水的毛刷
梳理他那修剪过的鬈发。
他在想什么——我不知道；
这时却有人来请他去喝茶。
怎么办？伯爵只好按捺住
窘人的羞愧和内心的恼怒，
走出客房。
　　　　　那活泼的少妇
垂下暗含嘲笑的视线，
轻轻地咬着鲜红的嘴唇，
谨慎地和伯爵东拉西扯，
话着家常。起初他感到窘困，
后来渐渐提起了勇气，
含笑回答着她的提问。
就这样不到半个小时，
他又妙语连珠，谈笑风生，
差一点又一次爱上这女人。
突然前厅响起嘈杂声。谁来了？
“娜塔莎，你好。”
　　　　　　　　“啊，我的上帝……
伯爵，这是我的丈夫。亲爱的，
这是努林伯爵。”
　　　　　　　　“真是幸会……
唉，这天气真是糟透了……
在铁匠铺那里，我看见您的马车，
这会儿已经完全修好了。

娜塔莎！我们放狗逮住
一只灰兔，就在菜园子那边……
喂，拿酒来！伯爵，请尝尝。
这酒从老远的地方送来……
您是不是和我们共进午餐？”
“怎么说呢，真的，得赶路。”
“哪儿的话，伯爵，请赏光。
我们夫妇俩都很好客。
伯爵，请您留下！”
　　　　　　　伯爵很懊丧，
他窝着一肚子火，执意要走，
因为他失去了一切希望。
皮卡尔喝过酒，浑身来了劲，
正哼哼哼哼搬着手提箱。
两个仆人抬来一口大箱子，
准备把它装到马车上。
这时马车已赶到大门口，
皮卡尔很快把行李装载罢，
伯爵起程了。我的朋友们，
故事本来已可以结束，
可我还要再说两句话。

　话说那马车离去以后，
妻子把一切告诉了丈夫，
还把伯爵的这一番壮举
对左右芳邻细细描述。

和娜塔丽亚·巴甫洛夫娜
一起，谁笑得特别开心？
您可猜不出。这是为什么？
丈夫吗？怎么会！绝不是夫君。
他觉得这是奇耻大辱，
他说，这伯爵是个大坏蛋，
乳臭未干；早知道这样，
就该放出猎狗去咬他，
叫他哇哇地乱叫一番。
哈哈大笑的是地主利金，
他是二十三岁的芳邻。

　现在我们可以公公正正
作出结论，在我们这时代，
妻子对丈夫都忠贞不渝。
我的朋友们，这不足为怪。

波尔塔瓦

战争的威力，胜利者的荣耀，
像它们势利的崇拜者一样，
已转到战胜的沙皇一方。
——拜伦[①]

1828—1829

① 原文为英语。引自《马泽巴》。

献　词

献给你——但这隐晦的缪斯的
声音能否传到你的耳中？
你那谦逊的心灵能否
理解我心中美好的憧憬？
或者，我这诗人的献词
又将像从前的仰慕之情
在你面前得不到回答，
付诸东流，没有被接纳的荣幸？

至少，你会认出这声音——
往常你那么喜爱我的歌声，
你会知道，在分手的日子里，
在我变化无常的命运中，
你那凄凉迷离的荒野，
你的言谈举止的余韵，
在我的心灵中是唯一的怀恋，
是唯一的珍宝，是那么神圣。

第一歌

柯楚别伊富贵，声名远扬。[1]
他家的牧场望不到边，
骏马在那里结队成群，
自由地吃草，无须看管。
波尔塔瓦四郊有他的田庄[2]，
周围环绕着无数的花园，
他家的财富千千万万，
有毛皮、绸缎，还有金银，
有的上了锁，有的看得见。
但柯楚别伊的富有和骄傲
并不在于长鬃的马匹、
克里米亚汗国的贡金，
也不是世代相传的田地，
老柯楚别伊引为骄傲的
是他那如花似玉的爱女。[3]

说真的：在波尔塔瓦城里，
没有少女比玛丽亚更美丽。

她那么娇艳，像春天的鲜花，
在树林的清荫下被精心抚育。
她像基辅山冈上的白杨
亭亭玉立。她轻盈的步履
有时像荒无人迹的湖泊里
天鹅悠游自在的戏水，
有时像幼鹿迅疾的奔驰。
她的胸脯像浪花一样洁白。
在她高高的前额周围，
一绺绺鬈发乌云般发黑。
她的双眸像星星一般闪亮；
绯红的双唇有如一朵玫瑰。
但妙龄的玛丽亚受到尊敬，
声名远扬，并不是全因为
她的美貌（一时的娇艳）：
她被到处传颂是由于
她是个娴静而聪颖的少女。
因此有多少慕名的青年
从乌克兰和俄罗斯前来求婚；
但是把婚姻视同枷锁，
羞怯的玛丽亚总逃避他们。
所有的求婚者都遭到拒绝，
可黑特曼[①]亲自派来了媒人。 4

① 乌克兰的统领。此处指马泽巴。

他老了。由于年岁、战争、
思虑和操劳，他感到苦恼，
但感情在他胸中沸腾，
马泽巴又饱受爱情的煎熬。

年轻人的心忽而燃烧，
忽而熄灭。他心中的爱情
冷淡了还会变得火热，
感情每一天都变化不定。
老年人的心在岁月的风雨中
变得像顽石一样坚硬，
爱情之火并非转瞬即灭，
它不那么顺从，不是微微触动。
他的心在爱情的烈火之中
持久地、缓缓地烧得通红；
晚年的情火不会冷却，
要它熄灭除非夺去他的命。

不像羚羊避入山崖底下，
当它听见鹰隼逼近的声音；
少女独自在门廊里徘徊，
战栗着，等待决定她的命运。

这时母亲满怀着愤怒
向她走来，她浑身发抖，
一把抓住女儿的手，对她说：

“无耻的东西！渎神的老头！
这怎么可能？只要我们活着，
不行！这罪孽他不能得逞。
他应该做这纯洁教女的
父亲，像朋友一样忠诚……
可是他发了疯！在他的暮年
居然想起做她的夫君。”
玛丽亚浑身一颤。脸上
像死人一样变得煞白，
她竟毫无生气，浑身冰冷，
一头栽倒在阶台下的尘埃。

　　她终于苏醒过来，可是
又闭上双眸，并且一句话
也没有说。父亲和母亲
多方设法想要安慰她，
驱走她胸中的忧虑和痛苦，
排解她心头的烦恼和慌乱……
可全是枉然。整整两天
她忽而啜泣，忽而长叹，
玛丽亚滴水不进，只是
像一个幽灵，走来走去，
夜不成寐。到了第三天，
她的闺房里没有了人迹。

　　谁也不知道她是怎样

失踪的。只有一个渔夫
夜里听见一阵马蹄声、
哥萨克的讲话和女性的低诉，
早晨在沾满露珠的草地
可看到八个马蹄的痕迹。

不仅脸上初生的茸毛、
年轻人头上金色的鬈发，
有时老年人严肃的容貌、
前额上的皱纹、花白的头发，
在美人善于幻想的想象中
也会成为热烈的幻梦。

一个令人震惊的消息
不久就传到柯楚别伊耳朵里：
她竟忘记了名誉和羞耻，
投入这个恶棍的怀抱里！
多大的耻辱！父亲和母亲
不敢相信传播的消息，
一直到真相已经大白，
没有任何怀疑的余地。
直到这时候人们才看清
这个年轻罪人的心灵，
直到这时候一切才那么分明，
为什么她总那么任性，
一心逃避家庭的束缚，

暗自苦恼，不住地叹息，
对于求婚者表达的倾慕
一概高傲地不予答理；
当酒席上美酒翻着泡沫，
大家兴高采烈，说古论今，
为什么只有她那么安静地
倾听着黑特曼一个人的谈论；
为什么她常常独自吟唱
他从前编写的那些歌曲，[5]
那时他贫穷而又卑微，
公众还不知道他的名字；
为什么她那不似女性的
心灵喜欢雄壮的马队，
喜欢震天动地的战鼓、
人们在小俄罗斯①统领的
旌节和权标前面的欢呼……[6]

　　柯楚别伊既富有又显赫，
他的交游真是非常广阔。
他可以为自己洗刷名誉。
他可以鼓动波尔塔瓦倒戈；
他能够在统领的府邸里面
一举惩罚这蛮横的恶棍，
一泄他这父亲心中的仇恨；

---

① 即乌克兰。

他可以用他准确无误的手
刺杀……但是柯楚别伊
心中翻腾着另一个计谋。

那时候正好是混乱时代[1]，
年轻的俄罗斯正奋发图强，
艰苦斗争，彼得的天才
使它一天天茁壮成长。
严厉的教师在给它上课，
教它学会赢得荣誉的学问。
瑞典的骑士不止一次
给予它意外与血腥的教训。
但俄罗斯经受长期的磨难，
在命运的打击中得到锻炼，
它日益壮大。沉重的铁锤
能击碎玻璃，也能锻造宝剑。

徒然享有无益的虚名，
大胆的查理在深海上溜冰。
他贸然进犯古老的莫斯科，
横扫俄罗斯宫廷的亲兵，
如旋风席卷山谷的尘土，
吹弯沾满灰尘的草茎。

---

① “混乱时代”特指俄国十六世纪末十七世纪初长年战争、变乱迭起的时期。

他走的就是那条路，如今
新的强敌也在那里留下足迹，
他们从这里仓皇逃窜，
那命运的宠儿①已一败涂地。[7]

乌克兰到处在暗中骚动。
火星早已在那里点燃。
从前那血腥年代的遗老
正巴望着爆发一场内战，
他们在抱怨，骄横地要求
黑特曼为他们解除枷锁，
他们那浮躁狂热的情绪
正急迫地等着查理的干涉。
马泽巴的周围不断响起
反叛的呼声：进军，进军！
可是年老的黑特曼沉住气，
他还是彼得的恭顺臣民。
他仍维持平日的严峻，
从容不迫地治理乌克兰，
流言蜚语他似未听到，
仍照常若无其事地欢宴。

“黑特曼怎么啦？”青年们都说，
“他年事已高，精力不济，

① 指拿破仑。

操劳和岁月已经磨灭了
他昔日那雄心勃勃的朝气。
为什么还让他颤抖的手
掌握国家的最高权力?
现在我们就该发动战争,
向可恨的莫斯科猛烈攻击!
假如年迈的多罗申科[8],
或者年轻的萨莫伊洛维奇[9],
或者帕列伊[10],或者戈尔杰延科[11],
还在统率我们的兵力,
那么我们的哥萨克就不会
牺牲在遥远异国的雪地,
那些悲惨的小俄罗斯军队
早已回到祖国的怀抱里。”[12]

　那些浮躁的青年就这样
肆无忌惮,胡乱地埋怨,
渴望着一个危险时代的到来,
遗忘了祖国昔日的沦陷、
鲍格丹①当年幸运的争论、
那场神圣的战争和协定,
还有祖辈获得的光荣。
但是老年人步步小心,

---

① 鲍格丹·赫梅尔尼茨基(约1595—1657),乌克兰民族解放战争的领导人,曾力主乌克兰和俄罗斯合并,以抵御外族入侵。

他们都善于审时度势，
什么事可行，什么事犯禁，
都不是一下子打定主意。
海上覆盖着一层坚冰，
谁能穿过它潜入海底？
谁具有洞察一切的智慧，
能识透心怀叵测的人
阴险的主意？他的心思
是被压抑的情欲的恶果，
深深地埋藏在他的心里。
也许那酝酿已久的阴谋
正在他自己的心里成熟。
有谁知道？但马泽巴越阴险，
他的心越是奸诈和狠毒，
表面上就越是漫不经心，
举止也更加无拘无束。
他多么喜欢随心所欲
迷惑与猜度别人的心意，
他蛮横地左右别人的思想，
揭穿别人心中的隐秘！
他这个喋喋不休的老头
会装出一副轻信的样子，
在席间表现出古道热肠，
和老人们感慨逝去的往日，
同专横跋扈者歌颂自由，
同不满现状者痛骂当局，

对冷酷无情者淌下眼泪，
对头脑简单者谈论道理！
也许没有多少人知道
他生性是那么凶残暴戾，
他喜欢不择手段，不管
是否正当，加害他的仇敌；
只要他还活着，他就不会
忘记任何细小的仇隙，
这傲慢的老贼早就处心积虑
实施着他那罪恶的奸计；
他不懂得什么叫神圣，
不知道什么叫助人为乐，
世上的一切他都不爱，
只想让世界血流成河，
对于自由他嗤之以鼻，
他也不知道什么叫祖国。

　　这狠毒的老贼心里早已
暗暗酝酿着一个奸谋，
但有一双敌对而警惕的
眼睛已完全把他看透。

　　“是的，大胆的狂徒，你这恶魔！”
柯楚别伊咬牙切齿地想，
“我会放过你居住的邸宅——
关闭我女儿的罪恶牢房；

你不会在烈火中被烧成灰烬，
你不会成为哥萨克的刀下鬼。
是的，你这个该死的恶魔，
当你在莫斯科刽子手的手里，
鲜血淋漓，徒然地辩白，
在拷问架上痛苦地扭动，
你会咒骂给我的女儿
施洗的那一天和那一刻钟，
你会咒骂那一次盛宴，
那时我曾举杯向你祝贺，
你会咒骂那个夜晚，那时
你这头老雕蹂躏了我的小鸽！……”

　是的！从前马泽巴和柯楚别伊
曾经是要好的朋友；想当年
他们像分享面包、盐和橄榄油
一样，一起同欢乐，共患难。
在决胜的战场他们曾并辔
在炮火之下冲锋陷阵；
他们常常单独在一起，
久久地披肝沥胆，促膝谈心——
这个城府极深的黑特曼
在柯楚别伊面前曾多少吐露
那贪得无厌的反叛的心愿，
在他闪烁的言词中曾暗示
将来准备要背叛朝廷，

和某些人勾结，伺机起事。
确实，那时候柯楚别伊
对他表现出一片赤诚。
但如今他由于痛苦的怨恨
变得凶狠，只听从一个呼声：
无论是白天或是黑夜，
他心中只有一个思想：
为了替受辱的女儿复仇，
不是自己牺牲，就是叫他灭亡。

但他把这促使他报复的仇恨
在心底里深深地埋藏。
“他虽痛苦，但无能为力，
如今正竭力把心事遗忘。
他不愿让马泽巴遭到不幸，
一切都是女儿的过错。
但他对女儿也可以宽恕：
让她自己对上帝负责，
她使家庭蒙受了耻辱，
忘记了天理和法律的约束……”

但同时他用鹰隼般的目光
在自己的家族中寻找伙伴，
那些人必须坚定不移、
不可收买而且浑身是胆。
他对妻子袒开了胸怀：[13]

很久以前夜阑人静时，
他已写好一份可怕的奏章，
而他那生性急躁的妻子
也满怀女性特有的愤恨，
催促着怒气不息的夫婿。
在夜深人静时，在枕席之旁，
在他耳畔，她像个精灵
唠叨着复仇的事，催促他，
老泪纵横，在一旁鼓劲，
要他发誓——阴沉的柯楚别伊
便向她起誓要付诸行动。

克敌的办法已拟定。和柯楚别伊
站在一起的有无畏的伊斯克拉[14]。
两个人都在想："我们能战胜；
仇敌已注定被我们打垮。
但谁会有那一片赤诚，
为公众的利益去赴汤蹈火，
毫不胆怯，把那份奏章
送到有偏见的彼得脚下，
去控告那权势极大的恶魔？"

在波尔塔瓦的哥萨克当中，
许多人受到不幸少女的冷淡，
其中有一个，自少年时代
就爱着她，猛燃着爱情的火焰。

无论是黄昏还是早晨，
在家乡那条小河的岸旁，
在乌克兰樱桃树的浓荫底下，
他常常把那玛丽亚翘望，
他心中饱尝期待的痛苦，
短暂的一见才感到欢畅。
他爱她，但不敢心存希冀，
他也没有用恳求去使她厌烦：
一旦拒绝，他可受不了这打击。
当求婚的青年成群结队
向她涌来，他远离他们，
站在一边，孤独而伤悲。
那时在众多的哥萨克当中
突然传开了玛丽亚的耻辱，
毫不留情的流言蜚语
和嘲笑使他深感痛苦，
即使这时候在他的心中
也还保留着对玛丽亚的爱慕。
但是如果有人虽是偶然
对他提起马泽巴的姓名，
他会感到苦恼，脸色煞白，
低低地垂下他的眼睛。
…………

　是谁凭借着星星和月光
这么晚还骑着马儿奔驰？

是谁家不知疲乏的骏马
在无边的草原上飞奔不息?

一个哥萨克往北方驰去。
无论在旷野，无论在密林里，
无论在危险地渡河的时候，
哥萨克都不想停下来休息。

他的佩剑像玻璃一样闪光，
胸前的行囊在丁当作响，
胯下的骏马永不颠踬，
飞奔着，鬃毛随风飞扬。

急驶无疑地需要金钱，
佩剑是这小伙子的骄傲，
骏马也是他喜欢的伙伴，
但头上的皮帽却更加重要。

为了保住皮帽他乐于
把骏马、金钱和佩剑放弃，
但要交出皮帽得经过搏斗，
除非不屈的头颅落了地。

为什么皮帽如此宝贵?
因为帽子里缝着奏章，
控告那个恶魔黑特曼，
柯楚别伊要把它面呈沙皇。

还没有感到风暴的来临，
这时候马泽巴仍毫无顾忌，
他继续实施着阴谋诡计。
一个耶稣会教徒[15]，全权使者，
和他策划着全民的叛乱，
许诺他一个靠不住的宝座。
他们就像那盗贼一样，
在漆黑的深夜里进行着谈判，
估计这次叛乱的得失，
草拟着各种秘密的宣言[16]，
他们拿沙皇的脑袋作交易，
他们拿诸侯的誓言谈价钱。
一个衣衫褴褛的生人
不知从何处来到这帅府，
黑特曼的幕僚奥尔立克[17]
带着他在府邸里进进出出。
他秘密派出许多亲信，
到处暗地里散布毒素：
在顿河，他们和布拉文[18]一起
在哥萨克聚居地煽风点火；
那里，他们在鼓动野蛮部落；
那里，在第聂伯河的石滩，
他们拿彼得的专制统治
吓唬一群豪勇的好汉①。

① 指查坡洛什的哥萨克。

马泽巴把目光投向各地，
将一封封信件四处投递：
他用狡猾的恐吓煽动
巴赫奇萨拉伊①和莫斯科为敌。
奥恰科夫城里的帕夏②，
军营里的查理和沙皇，
华沙的国王，都听他的话。
他那狡诈的心没有打盹，
他处心积虑，打着鬼主意，
把行动考虑得更加周密；
那恶毒的心怀从不软化，
罪恶的火焰仍猛燃不熄。

可是他多么震动，猛然惊醒，
当他的头上突然炸响
一声霹雳！当俄罗斯的大臣[19]
给这个与俄罗斯为敌的孽障，
给他本人送来了一份
在波尔塔瓦密写的奏章，
没有义正词严地斥责，
反作为受害人备加慰问；
而沙皇本人只忙于战争，
他厌恶凭空诋毁别人，

① 指南方的鞑靼人。
② 指土耳其。帕夏是旧土耳其高级军事和行政长官的称号。

竟把这奏章扔在一边，
对这个犹大百般抚慰，
还应允严加惩处恶人，
经常制止这告密行为！

马泽巴装成肝肠寸断，
向沙皇敷陈恭顺的心声。
“上帝明察，世人也有眼：
他可怜的黑特曼忠心耿耿
报效沙皇整整二十年；
他身受的皇恩无比浩大，
加官晋爵，享受着殊荣……
啊，那仇恨是多么无理、可怕！……
他如今已是风烛残年，
难道还要学会怎样谋反，
把自己美好的名声玷污？
难道不是他义愤填膺，
拒绝援助斯坦尼斯拉夫①[20]，
羞于接受乌克兰的王冠，
还恪尽职守，给沙皇送去
条约和多少秘密信件？
难道不是他对于可汗[21]
和皇城苏丹②进行的策动

① 斯坦尼斯拉夫，波兰国王。
② 皇城指君士坦丁堡（今伊斯坦布尔），即指土耳其。

充耳不闻？他忠诚不贰，
不惜付出辛劳和生命，
乐于用智慧和刀兵捍卫
俄罗斯沙皇，和敌人比高下，
可如今竟有狠毒的仇人
把他这白发的老人糟踏！
是些什么人？伊斯克拉，柯楚别伊！
他们都是他多年的友人……”
这恶魔流着嗜血的眼泪，
冷酷无情又狂妄至极，
要求把他们处以极刑……[22]

处谁极刑？……这死不回头的老贼！
是谁的女儿在他的怀中？
可他冷酷无情地压下了
那个朦胧而细微的心声。
他想：“这狂人为什么要进行
这场力量悬殊的较量？
这目空一切的狂妄之徒
在磨快刀斧，去自取灭亡，
这盲人瞎马要闯到哪里去？
他凭什么下这样的赌注？
或者……但是女儿的爱情
无法赎回父亲的头颅。
我不仅是情人，更是黑特曼，
不然，我难免受一刀之苦。”

啊，玛丽亚，可怜的玛丽亚，
乌克兰女儿中的明珠！
你哪里知道，在你怀里
把一条什么样的毒蛇爱抚。
是什么难以理解的力量
使你如此深沉地迷恋
一颗残暴而淫荡的心？
你为谁而牺牲，无私地奉献？
他那鬈曲的苍苍白发，
他前额上的深深皱纹，
他的闪烁而深陷的眼睛，
他那诡谲多变的言论，
你感到比一切都要宝贵：
为了这些你可以忘记母亲，
你宁要寻欢作乐的卧榻，
而不要父母养育的家门。
这老贼用他奇异的眼睛
勾去了你这幼稚的灵魂，
用他娓娓动听的细语
渐渐泯灭你荏弱的良心；
你总是怀着景仰之情
对他举起被迷惑的眼睛，
你爱他，用你万般的温柔，
这耻辱反使你感到欣幸，
你在忘情的欢乐之中
把耻辱当作可骄傲的忠贞——

由于你的沉沦，你已把
娇羞少女的柔媚丧尽……

　玛丽亚有什么可羞耻？流言
和世人的谴责又算得了什么？
只要那老头儿在她跟前
恭顺地低下他骄傲的头，
只要黑特曼和她在一起
便忘掉命中的纷扰和辛苦，
对她这胆小的少女公开
不可告人的狂妄意图。
她不惋惜天真无邪的昔日，
只是悲哀像一朵乌云
时而笼罩在她的心头：
在她的想象中父亲和母亲
是那样忧伤，郁郁寡欢；
她含着眼泪，看见他们
孤苦伶仃，苦度凄凉的老境，
仿佛听见他们的责问……
啊，她想必会惊醒，假如
她知道那传遍乌克兰的消息！
可是那密谋杀人的计划
却讳莫如深，还对她保密。

第二歌

马泽巴心事重重。他的心
为一些残酷的想望而烦闷。
玛丽亚抬起温柔的双眸，
望着她那年老的情人。
她柔情地抱住他的双膝，
对他诉说着心中的情意。
可全是枉然：她的爱情
消除不了那罪恶的心思。
对可怜的少女全不理睬，
他冷若冰霜地闭起眼睛，
只用缄默不语来回答
她那情意绵绵的责问。
她感到诧异，深受委屈，
几乎喘不过气，站立起来，
满怀着愤怒，大声责怪：

"你听我说，黑特曼：为了你
我已把世上的一切丢弃。

在一生中我只恋爱一回，
我心里想的只有一件事：
得到你的爱。为了它我不惜
把自己的幸福亲手葬送，
然而我一点也不后悔……
你可记得那可怕的寂静时刻，
在我把自己交给你的那一夜，
你信誓旦旦，要永远爱我，
如今你为什么竟恩断义绝？”

马泽巴

我的心上人，你错怪了我。
别再发狂般胡思乱想；
怀疑会枉然使你痛苦：
是爱情使你炽热的心
激动不安并感到迷惘。
玛丽亚，你要相信：我爱你
超过我的权力和声望。

玛丽亚

不是那么回事：你在耍花招。
我们难舍难分才有几天？
如今你已不需要我的温存；
如今你对我已经厌烦；

你整天和哥萨克军官在一起
饮宴、游乐——全把我忘记；
你要么一个人独守长夜，
要么待在乞丐或耶稣会教徒那里。
我那百般温存的爱情
遇到的却是冷酷的心。
我知道，不久以前你才为
杜尔斯卡娅干杯。这事刚发生；
这个杜尔斯卡娅是谁？

马泽巴

于是你
嫉妒了？在我这垂暮之年，
我还会去向骄矜的美人
乞求她们轻慢的垂怜？
还会像游手好闲的少年，
自动背上耻辱的枷锁，
唉声叹气，讨女人的喜欢？

玛丽亚

不，你别这样转弯抹角，
你必须直截了当地回答我。

马泽巴

最要紧的是要让你安心，
玛丽亚，就这样：你听我说。

　我们早就在策划一件大事；
现在已到了白热化的时节。
幸福的日子就要来临；
一场大争斗已迫在眉睫。
受到华沙强加的保护，
受到莫斯科的专制统治，
在漫长的岁月里我们低着头，
被剥夺了可爱的自由和荣誉。
然而乌克兰已经到了
成为独立国家的时候：
我要举起用鲜血换取的
自由的大旗和彼得争斗。
一切都已就绪：两个国王[①]
和我谈判，订立了协议；
通过叛乱和激烈的争战，
我也许很快就登上皇位。
我有很多可靠的朋友：
杜尔斯卡娅公爵夫人，
我的耶稣会教徒和乞丐，

① 指瑞典国王和波兰国王。

会把我的计划彻底执行。
两位国王的诏书和信件
就是通过他们送到我这里。
我把这大事全对你吐露。
你是不是满意？你的怀疑
是否可以冰释？

玛丽亚

啊，我亲爱的，
你将成为我国的皇帝！
你的苍苍白发正好配得上
皇帝的冠冕！

马泽巴

且慢欢喜。
事情尚未成功。风暴就要来临；
谁知道，等着我的将是什么？

玛丽亚

在你身边我就不害怕——
你是这么强大！啊，我有把握：
皇位在等着你。

马泽巴

如果是断头台？……

玛丽亚

如果是断头台，我和你一起去。
啊，你死了，我焉能偷生？
但不会，你将戴上执政的标志。

马泽巴

你爱我吗？

玛丽亚

你问我！我爱你吗？

马泽巴

告诉我：父亲或者丈夫，
你更爱哪一个？

玛丽亚

我的好人儿，
干吗提这个问题？你何苦
让我心惊胆战。我已经

尽我的力量忘记我的家。
我已成了它的耻辱；也许
（这种想象是多么可怕）
我父亲正在把我诅咒，
这是为了谁？

马泽巴

这么说，你爱我
胜过父亲？你不说话……

玛丽亚

天哪！

马泽巴

怎么？回答我。

玛丽亚

由你定夺。

马泽巴

告诉我，如果我们两人，

他或者我，必须死一个，
如果你是我们的法官，
那时你将牺牲哪一个，
你将保护谁免于灾祸？

玛丽亚

啊，别说了！别叫我心烦！
你这害人的恶魔。

马泽巴

回答我！

玛丽亚

你脸色煞白；你话语无情……
啊，别生气！我别无选择，
将为你牺牲一切，请相信；
但你这些话听来真可怕。
够了。

马泽巴

玛丽亚，你可要记住

现在对我说的这些话。

　　乌克兰之夜是多么宁静。
天空清澈。星星在闪烁。
空气沉浸在蒙眬的睡意中，
不愿把它驱走。银白色的
杨树叶子在微微颤动。
明月在白采尔科维①的高空
静静地洒下它的清辉，
照耀着富有的黑特曼的花园，
照耀着那座古城堡的周围。
四野是一片寂静，一片寂静；
但城堡里却充满低语和慌乱。
上了镣铐的柯楚别伊，
坐在一座塔楼的窗前，
他沉湎于深沉而痛苦的思绪，
郁郁地举目望着青天。

　　明早就要处死。然而他
无畏地想到这可憎的死刑；
对生命他早已置之度外。
死又怎么样？期望中的梦。
他准备躺进血腥的棺木里。

① 地名，意译为白教堂，在基辅附近，是马泽巴的营地，苏联于一九二五年在此处设市。

他不时打盹。可是，公正的上帝！
难道要像不会说话的畜生，
默默地在恶棍的脚下屈膝，
被沙皇交给沙皇的敌人，
让他们恣意漫骂凌辱，
要丧失生命，也丧失名誉，
还连累朋友惨遭杀戮，
要无辜地倒在刀斧之下，
听着他们在坟墓上诅咒，
迎着仇敌得意的目光，
含冤投入死神的怀抱，
就这样搁下对恶棍的仇恨，
对谁都没有说明真情！……

　他想起自己的领地波尔塔瓦，
常年相聚的家庭和友人，
往昔富裕而荣耀的日子，
女儿那婉转动听的歌咏，
生他养他的那座祖居——
在那里他劳作，做过宁静的梦，——
还有他生活中享受的一切，
如今都心甘情愿地牺牲，
可这是为了什么？

　　　　　　　　但钥匙
在锈锁里作响——他被惊醒，

不幸的人心想：是他来了！
我的领路人把十字架高擎，
来带我走上那血腥的道路，
他将要赦免我的罪恶，
他是医治心灵悲伤的医生，
他是救苦救难的基督的使者，
他把圣子的血和躯体
带给我，使我得以坚强，
我要勇敢地走向死神，
为了永生去领受圣餐！

　于是不幸的柯楚别伊
心中怀着深沉的悲痛，
准备向全能而永恒的上帝
倾诉自己哀伤的苦衷。
可是来的不是神圣的教士，
他认出了另一个来客：
他面前是残暴的奥尔立克。
他心中感到一阵厌恶，
苦难的囚徒痛苦地问道：
"原来是你啊，残酷的家伙？
我这最后的一个夜晚
马泽巴为什么还不肯放过？"

奥尔立克

审讯尚未结束：快招吧。

柯楚别伊

我已经说过了：别来惹我，
你给我滚开。

奥尔立克

　　　　　　潘[①]黑特曼
还要你的口供。

柯楚别伊

　　　　　　　　叫我说什么？
你们要我招认的一切
我早已招认。我的供词
全是假的。我耍了花招，
我使了计策。黑特曼说的是。
你们还要什么？

奥尔立克

　　　　　　　　我们知道，
你拥有的财宝不计其数；
我们知道：狄康卡[23]那里

① 波兰语对有地位的人的尊称，有老爷、君、先生等意思。

并不是你家唯一的宝库。
你的死刑马上就要执行；
你的财产将全部充公，
当作军队必需的费用——
这是法律规定。我要指出
你最后的义务：从实招来，
哪里还有你隐匿的宝库？

柯楚别伊

你们说得对：三座宝库
是我一生最大的安慰。
第一座宝库是我的名誉，
严刑拷打已把它夺去；
第二座宝库也有去无回，
它是我的爱女的名誉。
我日夜把它当作宝贝：
这宝库已被马泽巴盗去。
但我还保存着第三座宝库，
这第三座宝库是神圣的复仇。
我将要把它交给上帝。

奥尔立克

老东西，别再说空洞的梦话：
你今天就要离开这世界，

要想活命就得正经些。
开玩笑可不是时候。你要是不想
再受拷打就从实招来：
你把钱藏在哪儿？

柯楚别伊

凶恶的奴才！
这无理的审讯还有没有完？
等一等：让我躺进棺材，
你们再和马泽巴一起
去计算我身后的产业和浮财，
用你们沾满鲜血的双手
去挖掘我家各处的地窖，
把我家的花园砍伐和焚烧。
你们可以带上我的女儿，
她会把一切告诉你们，
亲自指点所有的宝库；
但是看在上帝的分上，
我恳求你们让我安静。

奥尔立克

钱藏在哪里？快快招供。
不肯说？钱在哪里？快说。
不然，后果将会很严重。

想想看：给我们指明地点。
不肯说？好吧，来人，上刑！[24]

刑吏来了……

啊，苦难的一夜！
但黑特曼在哪里？那恶魔在哪里？
为逃避蛇蝎心肠的谴责，
这时候他又躲到哪里去？
闷闷不乐的马泽巴待在
那少女平日安睡的闺房里
（她被蒙在鼓中，无忧无虑），
坐在年轻教女的卧榻旁，
低垂着脑袋，默默无语。
他心头掠过万千思绪，
一个比一个更加阴暗。
“狂妄的柯楚别伊就要处死，
此刻决不能把他赦免。
黑特曼的目标越是接近，
就越要紧紧抓住权力，
仇敌在他面前就越要
俯首听命。决不能姑息：
告密的人和他的同谋
必须处死。”可是，马泽巴
往床上瞥了一眼，心想：
“上帝啊，当她听到那致命的
消息，那时她会怎么样？

至今她心里还很平静——
然而秘密不可能再继续
保守下去。明天，那斧头
就要落下，杀人的消息
将震惊整个乌克兰。世人
会在她耳边说起这件事！……
啊，我知道：谁要是命中
注定要经历生活的激荡，
就让他独自面对风暴，
可别牵连到娇妻身上。
一辆马车岂能并驾套着
烈性的骏马和胆小的麋鹿。
我竟这样疏忽和昏庸，
送给她这样愚蠢的礼物……
她所拥有的无价之宝，
她生活中最为美好的一切，
可怜的少女都为我奉献，
给了我这郁悒的老人，可如今
我给她带来的是多大的灾难！”
于是他凝望着：静谧的床上，
少女的休憩是多么甜蜜！
梦神的抚爱是多么温柔！
她双唇微启；青春的胸脯
正发出平静而均匀的呼吸；
可明天，明天……马泽巴颤栗着，
慢慢地移开他的视线，

站起来，轻轻地离开绣房，
走向他那岑寂的花园。

乌克兰之夜是多么宁静。
天空清澈。星星在闪烁。
空气沉浸在蒙眬的睡意中，
不愿把它驱走。银白色的
杨树叶子在微微颤动。
马泽巴的心中古怪的思绪
是那么阴郁：夜空的星星
像无数的眼睛注视着他，
含着责备和嘲笑的神情。
杨树密匝匝地站成一排，
不断轻轻地摆动着脑袋，
像一群法官在秘密商议，
夏夜是那么温暖而漆黑，
沉闷得像一座黑暗的牢狱。

蓦地……一声微弱的叫喊……
他仿佛听到古堡里的呻吟。
那声音是来自虚幻的想象，
是夜枭的啼鸣，野兽的咆哮，
受刑的呻唤，还是别的声音——
但是老头儿已经无力
克制自己内心的烦乱，
他用另一种骇人的叫声

回答这持久而微弱的叫喊——
当年他同扎别拉、加马列伊[①]，
还有他……他这个柯楚别伊
在战争的烈火中纵马驰骋，
曾经在欣喜若狂的时刻
让整个战场响彻这喊声。

　一抹艳丽绯红的朝霞
照亮了天空，把它染得通红。
谷地、山丘、田野和林梢、
河流的波浪沐浴在晨光中。
响起了早晨欢乐的喧闹，
人们也一个个从梦中睡醒。

　玛丽亚还为梦神所拥抱，
甜蜜地呼吸，蒙眬之中
她听见有人向她走来，
在她的脚上轻轻触动。
她醒了过来，但是立即
微笑着闭起她的双眼——
明亮的晨光照得她目眩。
玛丽亚慢慢伸出双臂，
慵倦而柔情地把朱唇微启：

① 扎别拉，十六世纪乌克兰大地主，曾为波兰国王服务，赫米尔尼茨基起义时随之倒戈。加马列伊，赫米尔尼茨基时代的总领事。

“是你吗，马泽巴？……”但另一个声音
回答了她……啊，我的上帝！
她浑身一颤，举目一看……怎么？
眼前竟是母亲……

母　亲

别响，别响；
别送了我们的命：趁着黑夜
我悄悄来到你这个地方，
只含泪向你提出一个恳求。
今天就是刑期。只有你
才能消消他们的怒气。
救救你父亲。

女　儿（大吃一惊）

谁的父亲？
什么刑期？

母　亲

难道说你至今
还不知道？不，你不是在旷野，
而是在官邸；你应该知道，

黑特曼的权势多么吓人，
他怎样惩治他的仇敌，
皇帝对他又多么言听计从……
但是我看到：为了马泽巴，
你不惜抛弃悲伤的家庭；
他们在进行野蛮的审讯，
他们在宣布判他死刑，
他们对你父亲举起刀斧，
而你却还在做着美梦……
我看到我们已成路人……
醒醒吧：我的女儿！玛丽亚，
去救你父亲，做我们的天使，
去吧，俯伏在他的脚下：
你的一瞥能捆住恶魔的手，
你能推开他们的斧钺。
去奔走，去哀求，黑特曼会答应：
为了他你曾忘却了贞洁、
亲人和上帝。

女　儿

　　　　　　我出了什么事？
父亲……马泽巴……死刑——母亲
在这里，在古堡里向我哀求——
啊，是不是我神志不清，
还是精神错乱。

母　亲

上帝保佑你，
不，不，不是错乱和幻梦。
难道你至今还不知道：
你那性格倔强的父亲
不能忍受女儿所受的凌辱，
他一心渴望着报仇雪恨，
向沙皇密告了黑特曼的罪行……
在血腥的严刑拷打之下，
他承认策划过阴谋诡计，
承认疯狂造谣的可耻；
他为了正义将勇敢地牺牲，
把自己的头交给敌人；
如今面对着大队人马，
如果至尊的主不向他伸出手，
保护他免受这次灾祸，
今天他就要被送去斩首；
现在他就被关在这里，
在塔楼的监牢里。

女　儿

上帝啊，上帝！……
今天！——我那可怜的父亲！

于是少女跌倒在床上，
好像一个僵冷的死人。

头盔斑斓。长矛在闪光。
战鼓咚咚响。骑兵[25]在奔跑。
队伍排成整齐的行列。
人群在喧嚷。心儿怦怦跳。
道路挤满人，人群在蠕动，
宛如一条长蛇的尾巴。
刑台筑在田野的当中。
刽子手在上面踱步、说笑，
专等解来犯人时行刑：
他一会儿用雪白的手
舞弄着沉重的杀人的斧头，
一会儿同快活的人群说笑。
女人的叫声、笑骂声、不满的话，
汇合成一片雷鸣般的喧闹。
突然有人大喝了一声，
全场肃静。恐怖的沉寂中
只听见马蹄嘚嘚的声响。
黑特曼周围簇拥着卫兵，
率领着一群哥萨克军官，
骑着黑马在急急行进。
远处沿着基辅的大道
驶来一辆马车。惶惶然，
众人都向它转过目光。

无辜的柯楚别伊坐在上面，
他已经完全听天由命，
只是怀着坚强的信念。
漠然的伊斯克拉和他在一起，
像羊羔服从命运的宣判。
马车停下。立即响起了
教堂合唱队高扬的祈祷声。
香炉里袅袅升起了香篆。
人民在默默为蒙难者的魂灵
向上帝祈求永久的安息。
受难者也为仇人求告上帝。
他们走来了，登上了刑台。
柯楚别伊躺下，画着十字。
像在坟墓里，黑压压的人群
鸦雀无声。斧头闪了闪，
挥了一下，接着人头落地。
全场叫了一声。另一颗人头
眨眨眼，也跟着滚到一边。
于是草地被鲜血染红——
刽子手心里幸灾乐祸，
伸出了一只僵硬的手，
抓住两颗首级的头发，
在人群的头顶上用力抖了抖。

　　行了刑。无忧无虑的人群
四散开来，各自回家去，

彼此之间已经在谈论
各人平日担负的差事。
刑场上人马逐渐稀少。
这时有两个妇女奔跑着，
穿过人群斑斓的大道。
她们筋疲力尽，满身灰尘，
看样子心里充满了惊惧，
急急忙忙向刑场奔去。
“已经晚了。”有人对她们说，
还把刑场向她们指示。
那里穿黑袍的神父在祈祷，
人们在拆除杀人的刑台，
两个哥萨克正往马车上
抬起一口橡木的棺材。

　马泽巴一步步离开刑场，
单独走在马队的前面，
是那么阴沉。他心中感受到
可怕的空虚，为此而烦乱。
谁也没有走近他身旁，
他嘴里一句话也没有说过；
马儿奔跑得口吐白沫。
他回到家里，“玛丽亚在哪里？”
马泽巴问道。他听到的回答
都是那么胆怯而闪烁……
他不由得感到一阵惊惧，

到她那里去；他走进闺房，
房间里静悄悄，空无一人——
他走进花园，寻觅着，心中惊慌；
然而宽阔的水池周围，
树丛里，宁静的树阴底下，
无论哪里，都没有她的踪影——
她走了！——他唤来忠实的仆人，
还有那些机灵的卫兵。
他们奔跑着。马儿喷着鼻息——
响起追兵粗野的喊声，
好汉们骑着马，向前奔去，
以最快速度，向各方狂奔。

　珍贵的时刻就这样逝去。
玛丽亚仍没有返回家中。
谁也不知道，谁也没听说，
她为什么和怎样离开家庭……
马泽巴默默地咬紧牙齿。
奴仆们颤抖着，不敢吭声。
黑特曼一个人关在房间里，
烦恼的毒汁在胸中沸腾。
在这漆黑的夜里，他独自
坐在床边，未曾合过眼，
饱受非人间痛苦的磨难。
第二天早晨，派出去的仆人
一个接一个空手回来。

马匹已累得不能动弹。
马掌、笼头、鞍垫、马肚带
全都湿淋淋，浸透汗水，
沾满了鲜血，残缺和破碎——
然而没有一个人给他
带来可怜少女的消息。
她的踪迹已无处可寻，
像空洞的声音一样无影无踪，
只有母亲把痛苦和贫困
一起带进流放地的黑暗中。

第三歌

内心的沉痛，深深的悲伤
并没有影响乌克兰的首领
冲向远方的狂妄野心。
他决心要实现自己的阴谋，
同目空一切的瑞典国王
继续保持着秘密来往。
然而为了更有效地蒙骗
政敌方面猜疑的眼睛，
他假装饱受病痛的折磨，
在床上呻吟，祈求良方，
于是身旁聚拢了一群医生。
情欲、战争和操劳的恶果，
病痛、衰老和深沉的悲痛，
死亡的前兆，种种原因
使他卧床不起。他已准备
告别这来去匆匆的人生；
他想举行神圣的仪式，
于是请来一位大法师，

让他走近可疑死亡的病榻；
接着让神秘的橄榄油洒向
那诡计多端的花白头发。

　但是时间过去了。莫斯科
枉自等候客人的来临，
它已在昔日敌人的坟墓旁
准备下祭礼，迎接瑞典人。
突然，查理掉转了方向，
朝着乌克兰大举进军。

　决定的一天来临了。马泽巴，
这个虚弱的病人，活尸，
昨天还在坟墓的边缘
呻吟，从床上一跃而起。
现在他是彼得的强敌。
现在他精神百倍，对着军队
闪耀着不可一世的目光，
挥动着马刀——跨上骏马，
飞快地向捷斯纳河驰去。
正如那狡黠的红衣主教[①]，
几乎被老年生活压垮，
一戴上罗马教皇的冠冕，

① 指教皇西克斯特五世。传说他在任红衣主教时佯装体弱多病，被选为教皇后即丢开拐杖，高唱赞美诗。

立即变得年轻、健康、挺拔。

消息插上翅膀传向四方。
整个乌克兰都惊惶地喧嚷：
“他投向敌人，他已经叛变，
他向查理的脚下送上
恭顺的旌节。”烈火在燃烧，
人民战争的血红火焰
直冲云天。

谁能够描写
沙皇是如何怒发冲冠？[26]
教堂里轰鸣着一片咒骂声；
卡特[27]撕毁了马泽巴画像。
在喧闹的人民大会上，人们
自由争辩，重选了黑特曼。
伊斯克拉和柯楚别伊的家眷
从荒凉的叶尼塞河岸边
被彼得毫不迟缓地召回，
沙皇和他们一起痛哭了一番。
他亲切抚慰他们，慷慨
赐与财产，并重新册封。
马泽巴的仇人，刚烈的骑士，
老将帕列伊也从流放地
被召回乌克兰的沙皇军营。
孤立的叛军慌成一团。

狂妄的切切尔[28]被押上断头台，
查坡洛什的阿塔曼①也被判死刑。
而你，崇高武力的君王②，
扔了王冠而戴上军帽，
你终于看到远处的波尔塔瓦
城墙，而末日也随着来到。

沙皇也往那里调兵遣将。
风暴一般涌来了军队——
平原上两军犬牙交错，
双方巧妙地互相包围：
不止一次在搏斗中败阵，
对浴血厮杀早已迷醉，
威武的勇士终于在这里
和期待已久的敌人相遇。
强大的查理愤恨地看到的
已不是纳尔瓦城下的逃兵，③
那些溃不成军的乌合之众，
而是旗帜鲜明、队伍齐整、
纪律严明、沉着敏捷的大军，
以及刀枪林立的长城。

---

① 查坡洛什是哥萨克的聚居地。阿塔曼即首领、长官。此处查坡洛什的阿塔曼指戈尔杰延科，参阅本篇原注 11。

② 指瑞典国王查理十二。

③ 纳尔瓦是纳尔瓦河畔的城市，在一七〇〇至一七二一年的北方战争中，查理十二的瑞典军队在纳尔瓦城下击败训练不良的俄军。

但是他决定了：明天决战。
瑞典的军营已酣然入梦。
只有在一顶帐篷底下
还有人在交谈，声音是那么轻。

“我的奥尔立克，我看不对头，
我们这一次行动太鲁莽：
我们的估计太冒失，不准确，
后果恐怕是难以设想。
看来我的打算要落空。
怎么办？这一次是大大失策：
我看错了这个查理王。
他不过是个胆大妄为的小儿；
偶尔做几次打仗的游戏，
自然，他可以取得胜利，
他敢于去赴敌人的晚宴，[29]
也曾用笑声去回答炸弹；[30]
夜间去偷袭敌军的营寨，
不亚于一名俄国的步兵；
如今他用枪伤换枪伤，
竟也击毙哥萨克一名；[31]
可要和专制巨人较量，
他却有点儿不自量力：
他想用鼓声驾驭命运，
就像用鼓声指挥军队；
他盲目、固执、脾气急躁、

处事轻率，而且刚愎自用，
天知道他相信什么好运；
他还用从前取得的战绩
衡量敌人新近的力量——
这一回准落得损兵折将。
我多么惭愧：这么大年纪
还一心相信这个兵痞子；
就像个未诸世事的姑娘
为他的豪勇和一时的胜利
而受骗上当。”

奥尔立克

我们还等着
决战。时机并没有错过，
和彼得可以言归于好：
还可以消除这一场灾祸。
沙皇曾败在我们的手下，
决不会拒绝和我们讲和。

马泽巴

不，已经晚了。俄罗斯沙皇
不可能和我言归于好。
我的命运在很久以前
已经决定。仇恨在燃烧，

我心中早已憋得慌。有一次
我同严峻的沙皇夜间
在亚速夫城外军营中饮宴：
斟满的酒杯翻腾着泡沫，
我同他进行着热烈的交谈。
有句话我说得缺少分寸，
年轻的宾客都大惊失色……
沙皇大怒，把酒杯一扔，
一把抓住我花白的胡子，
对我横加威胁和斥责。
那时我只好忍气吞声，
可我立誓要报仇雪恨；
犹如母亲腹里怀着胎儿，
我怀着这誓言。眼下时刻已来临。
就这样，他直到最后一口气，
都还会对我怀恨在心。
我会被交给彼得去处罚，
我是他皇冠上的一根刺：
为了能够像往日那样
再次抓住马泽巴的胡子，
他可以交出祖传的城镇
和一生之中最好的时日。
但希望还在我们的手中：
胜负之事明早才会决定。

俄罗斯沙皇麾下的叛徒

说完这番话，闭起了双目。

东方燃起了新的朝霞。
平原和绵延的山峦上面
炮声隆隆。火红的浓烟
迎着拂晓熹微的曙光，
一团团腾起，直冲云天。
军队一列列连接起来，
茂密的树丛散布着步兵。
炮弹在滚动，子弹在呼啸，
寒光闪闪的刺刀直指敌阵。
胜利的宠儿，瑞典军队
在穿越战壕的炮火中冲锋；
骑兵在飞驰，像怒涛汹涌；
步兵紧紧地跟在后面，
以其坚韧不拔的意志，
加强着全军勇猛的进攻。
在这殊死战斗的沙场，
到处是枪炮声和燃烧的火光，
但战争中的幸运之神
显然已开始效忠我方。
被炮火击溃的瑞典士兵
乱成一团，纷纷倒在战场上，
罗森①从峡谷落荒而逃，

① 罗森，瑞典将军。

烈性的施利宾巴赫①也已投降。
我们一步步向瑞典人进逼；
他们的战旗已黯然无光，
战神对我们恩宠倍加，
每一步都得到他的厚赏。

　　这时有如上天的召唤，
响起了彼得洪亮的声音：
“奋勇前进，有上帝保佑！”
他周围簇拥着一群亲信，
走出了帐篷。他的眼睛
炯炯有神。他容貌威严，
行动敏捷。他神采飞扬，
整个人就像天上的雷电。
他走着，给他牵来了骏马。
忠诚的坐骑温顺而强健。
它闻到殊死战斗的炮火，
浑身抖了抖。它斜睨了一眼，
奔向风烟滚滚的沙场，
为强大的骑士而倍感荣光。

　　时近中午，暑热似火烧。
像农夫要歇晌，大战也暂停。
到处有哥萨克在表演马术。

---

① 施利宾巴赫，瑞典将军。

队伍也排得齐齐整整。
军乐队已经停止吹奏。
山头上大炮已经平静，
停止了它那饥饿的咆哮。
这时远处响起一片“乌拉”声，
这欢呼传遍了整个战场：
原来是彼得出现在前方。

　　他从队伍的前面驰过，
像战神一样威严而欢欣。
眼睛扫视着面前的战场。
他后面飞快地跟着一群
彼得羽翼下成长的雏鹰——
无论人世的命运如何多变，
不管政务繁忙、戎马倥偬，
他们都是他的儿郎和伙伴：
其中有高贵的舍列梅捷夫、
布鲁斯、鲍乌尔和列普宁①，
还有那曾到处流浪的幸运儿，
统治着半壁江山的大臣②。

　　查理来了。深受创伤的折磨，
他脸色苍白，不能动弹，

---

① 以上将领都是彼得一世的战友。
② 指缅希科夫（1673—1729），彼得一世的宠臣，特级公爵，大元帅。北方战争时的著名军事长官。

坐在担架上，由亲信抬着，
经过他那威武的卫队
组成的蓝色队伍的前面。
这位英雄的部将跟在他后头。
他在静静地沉思默想，
充满惊慌的目光表现出
一种异乎寻常的恓惶。
仿佛是期望已久的大战
使查理难以下定决心……
突然他无力地把手一扬，
驱动军队向俄国人进军。

在广阔战场的烟尘当中，
沙皇的军队和他们相遇：
战斗打响，波尔塔瓦战役！
在炮火之中，在烧红的城墙下，
活的城墙把敌人一次次击退，
接替倒下的军队，生力军
又端起了刺刀。马队如飞，
像一堆堆沉重的乌云，
响动着马衔，碰响着军刀，
和敌军对阵，杀得难解难分。
尸体一层层堆积如山，
铁铸的炮弹在尸堆之上
到处跳动，爆炸和伤人，
翻起泥土，在血泊中嗞嗞响。

瑞典人，俄国人，刺着，砍着，杀着。
到处是鼓声、喊声、刀枪碰撞声、
炮声、马蹄声、马嘶和呻吟，
四面八方都是地狱和死神。

　几位沉着镇定的将领
在这惊天动地的战场上，
用兴奋的目光观察着会战，
注视着战斗的进展和动向，
他们在偏僻的处所交谈，
大家预测失败和胜仗。
但在这莫斯科沙皇的身边，
那位白发的老将是何人？
他被两名哥萨克扶住，
心中燃烧着报国的热忱，
他用英雄老练的目光，
观察着剧烈战斗的军情。
他已不能再跨上战马，
在孤寂的流放中已变得龙钟，
哥萨克听到帕列伊的召唤，
也不再从四面八方聚拢！
但他的眼睛为什么闪亮？
愤怒仿佛黑夜的暗影
笼罩在他衰老的前额？
是什么使得他如此激动？
是不是他透过战场的烟尘

看见了仇人马泽巴，这时
这位手无寸铁的老人
在痛恨自己已年届古稀？

马泽巴深深地陷入沉思，
眺望着战场，他的周围
簇拥着一群叛变的哥萨克、
亲属、军官和雇佣的卫队。
突然响了一枪。老贼转身一看。
沃伊纳罗夫斯基[①]手中的
火枪还在微微地冒烟。
在几步以外，一个年轻的
哥萨克被击倒，在血泊中滚动，
他的马浑身汗湿和尘埃，
感到了自由，疯狂地奔跑，
渐渐消失在远处的火光中。
那哥萨克冒着炮火，手执马刀，
直向黑特曼猛扑过来，
疯狂的怒火在眼中燃烧。
老贼骑着马向他跑去，
正要向他发问。但哥萨克
已奄奄一息。失神的目光
还在向这俄罗斯的敌人威吓；

① 沃伊纳罗夫斯基（？—约1740），马泽巴的外甥，参与其阴谋活动，兵败逃往德国。一七一八年被引渡给俄国政府，流放到雅库茨克。

灰白的脸是那么阴冷，
而口中犹在喃喃地呼唤
玛丽亚那可爱的芳名。

　但胜利的时刻已很近很近。
乌拉！我军在追击，瑞典人在溃退。
啊，光辉的时刻！光辉的景象！
再猛攻一次——敌人被击溃：[32]
骑兵在纵马跟踪追击，
砍钝了利剑，英勇杀敌，
杀得那敌人尸横遍野，
像黑色的蝗虫撒满草地。

　彼得大开庆功宴。他目光
明亮而骄傲，他感到光荣。
皇家的宴会是多么丰盛。
全军发出震天的欢呼，
他在自己的帐篷里宴请
麾下的将军和对方的将领，
他抚慰问心无愧的俘虏，
他向教会他作战的老师
致敬，举杯为他们祝福。

　但最主要的客人在哪里？
那最主要的威胁着我们的教师
在哪里？波尔塔瓦的胜利者

已粉碎他蓄谋已久的毒计。
马泽巴在哪里？恶魔在哪里？
惊惶的犹大已逃往何方？
为什么瑞典国王没赴宴？
为什么叛徒未送上刑场？[33]

瑞典国王和马泽巴骑着马
双双逃窜在荒凉的草原上。
命运把他们连结在一起。
近在眼前的危险和仇恨
给了国王逃命的力量。
身受的重伤他已经忘记，
他被俄国人紧紧地追赶，
低垂着脑袋，只管逃命，
他那群忠心耿耿的奴仆
拼命跑才勉强跟在他后面。

年迈的黑特曼和瑞典国王
一起奔逃，他睁开锐利的双眼
环顾着面前辽阔的草原。
眼前是一座庄园……为什么
马泽巴突然心惊胆战？
为什么他要快马加鞭
从一旁绕过这座庄园？
是不是这处荒废的院落，
这座荒僻的花园和房子，

这扇开向野外的柴扉
眼下使他突然想起了
某件已经淡忘的往事?
蹂躏神圣童贞的恶魔!
你可还认得这处宅第,
这座曾那么欢乐的房子,
在这里你曾酒酣耳热,
处身于幸福的家庭之中,
在桌旁和大家谈笑风生?
你可还认得那娴雅的安琪儿
安居过的幽静的住所,
认得那花园,在一个黑夜你把她
从那儿带上草原……认得,认得!

　　漆黑的夜色拥抱着草原。
湛蓝的第聂伯河的岸边,
俄罗斯和沙皇彼得的敌人
警觉地微睡在岩石之间。
梦幻没扰乱英雄的安息,
他忘却了波尔塔瓦的创痛。
但马泽巴的梦却不安宁,
忧郁的心情无法平静。
突然在夜的死寂中他听见
有人在呼唤。他顿时惊醒。
他抬头一看:一个人指着他,
静静地对他俯身站定。

他打了个寒噤，像刀斧临头……
面前是个披头散发的女子，
深陷的眼睛闪着亮光，
衣衫褴褛，苍白而憔悴，
浑身被月光照得通亮……
“这难道是梦？玛丽亚……是你？”

玛丽亚

啊，安静点，安静点，亲爱的！……
现在父亲和母亲都闭了眼……
轻点声，不然他们会听见。

马泽巴

玛丽亚，我的可怜的玛丽亚！
你醒醒！上帝！你是怎么啦？

玛丽亚

你听听：这是个什么骗局！
他们想出了多可笑的故事？
她跑过来偷偷地对我说，
我那可怜的父亲已处死，
并且悄悄地拿给我看

一颗白发的人头——我的天！
哪儿能逃避这种恶言？
请你想想看吧：这颗头
压根儿不是一颗人头，
而是狼头——你瞧：是怎么回事！
她想拿什么来欺骗我！
她这样吓唬我，难道不害臊？
这样做是为了什么？目的是
使我不敢跟着你逃走！
难道做得到？

这残酷的情人
听着她的话，满怀着哀愁。
但她沉浸于飞转的思想中，
又把话接着说下去："可是，
我记得那田野……热闹的盛会……
无知的人群……一具具死尸……
母亲带着我去参加庆典……
但那时你在哪儿？……为什么
我要离开你深夜去流浪？
我们回家吧。快点……晚了。
啊，我明白了，我的头脑
异常亢奋，但毫无意义：
老头子，我把你看成了别人，
你离开我吧。我看错了你。
你的目光可笑又可怕。

你长得这么丑。他却那么美：
他的眼睛里闪耀着爱情，
他的话语是如此甜蜜！
他的胡须比雪还洁白，
可你的胡子却沾满血迹！……”

她带着狂笑尖叫起来，
脚步比幼小的羚羊还轻，
她跳了起来，拔脚便跑，
立刻消失在漆黑的夜色中。

夜影稀疏了。东方发红。
哥萨克的篝火腾起了烈焰。
他们正在煮着小麦粥；
几个护兵卸下了鞍鞯，
饮马在第聂伯河岸边。
查理醒来了。“啊！该走了！
起来吧，马泽巴。天色已亮。”
然而黑特曼早已没有睡意。
苦闷，苦闷使他痛苦难当；
他感到胸口透不过气。
他默默无言地给马匹备了鞍，
和逃亡的国王一起登程，
他的眼睛闪耀着凶光，
怅然告别了祖国的边境。

*

一百年过去了——这些好汉
骄横一世，满怀着狂妄的
野心，如今又留下了什么？
他们这一代已成古人，
他们奋斗、患难和胜利的
血迹也已经荡然无存。
在北方强国人民的心中，
在它连年征战的命运里，
只有你，波尔塔瓦的英雄，
为自己竖立起一座丰碑。
有这样一个地方，在那里
装着风车的磨坊像围墙
环绕着宾杰里[①]荒凉的堡垒，
长角的水牛自由地漫步在
无数军人坟冢的周围，——
在这里倾圮房屋的遗迹、
深深陷入地下的三级
长满了青苔的石阶正在
讲述着瑞典国王的后事。
从这里那个狂妄的英雄
独自率领着一批家奴

① 比萨拉比亚城市，当时属土耳其。查理十二战败后曾留居于此，他试图怂恿土耳其和俄罗斯交战，未成。土耳其人包围了他在宾杰里的军营，击败了查理的抵抗，并将他俘虏。

抵抗过土耳其军队的进攻，
终于放下武器成了俘虏；
谁要是来寻访黑特曼的坟墓，
他定将因白费心机而失望：
人们早已把马泽巴遗忘；
只有在取得胜利的圣地，
大教堂至今还每年一次
宣布要把他革除教籍。
但是两位受难者的骸骨
却还在完好的陵墓里安息：
在古代圣哲的陵墓中间，
一座教堂把他们静静地安置。[34]
朋友们早年在狄康卡种下的
一排橡树已是枝叶葳蕤，
至今它们还在对子孙们
讲述罹难祖先的故事。
对于那个有罪的女儿，
却没有一点故事流传，
她的苦难、命运和结局
蒙着一层穿不透的黑暗，
使我们无法看见。只有
乌克兰的盲歌手时而
在乡村里，面对着民众
弹唱着有关黑特曼的歌，
对年轻的哥萨克姑娘
顺便说起那有罪的女儿。

注 释

1 瓦西里·列昂季耶维奇·柯楚别伊，司法总监，系当今众多柯楚别伊伯爵的一位先祖。

2 田庄（хутор），郊外的住宅。

3 柯楚别伊有好几个女儿；其中一个嫁马泽巴的外甥奥比多夫斯基。此处写到的系玛特廖娜。

4 马泽巴确实曾向他的教女求婚，但遭到拒绝。

5 传说马泽巴编过一些歌曲，至今仍在民间流传。柯楚别伊在奏章中也提到了马泽巴所作爱国述怀诗，它的重大意义不仅在历史方面。

6 旄节和权标，黑特曼职衔的象征。

7 见拜伦的《马泽巴》。

8 多罗申科，古代小俄罗斯英雄，是俄国统治的不可调和的敌人。

9 格里戈利·萨莫伊洛维奇，彼得一世在位初期被流放于西伯利亚的黑特曼之子。

10 西蒙·帕列伊，赫瓦斯托夫上校，著名骑士。因擅自袭击敌人，根据马泽巴的控告被流放于叶尼塞斯克。马泽巴叛变后，作为其势不两立的敌人被召回并参加波尔塔瓦战役。

11　科斯佳·戈尔杰延科，查坡洛什哥萨克军营的阿塔曼，后投降查理十二，一七〇八年被俘并被处死。

12　二万哥萨克被遣往利夫兰①。

13　马泽巴曾在信中责备柯楚别伊为“骄傲和聪明”的妻子所操纵。

14　伊斯克拉，波尔塔瓦上校，柯楚别伊的密友，曾同柯楚别伊一起策划并受难。

15　耶稣会教徒扎连斯基、杜尔斯卡娅公爵夫人和某个被驱逐出国的保加利亚大主教是马泽巴叛乱的主谋，该大主教常化装成乞丐来往于波兰和乌克兰之间。

16　黑特曼的宣言。

17　菲利浦·奥尔立克，马泽巴的书记长和亲信，马泽巴死后（1710年）查理十二曾授予他小俄罗斯黑特曼的空头封号。后信奉伊斯兰教，一七三六年左右死于宾杰里。

18　布拉文，顿河哥萨克，当时曾举行叛乱。

19　指机要秘书沙菲罗夫和戈洛夫金伯爵，马泽巴的密友和庇护者；实际上他们应负审讯和处死告密者的责任。

20　发生于一七〇五年，见班狄什-卡敏斯基的《小俄罗斯史》的注释。

21　卡泽-基列伊在对克里米亚进军（后失利）时曾向马泽巴提出联合向俄军进攻。

22　马泽巴在信中对于从轻发落告密者表示不满，坚持要求将他们处以极刑。他自喻为受不法老人无辜诽谤的苏珊娜，而将戈洛夫金伯爵比为先知但以理。

---

① 十七至二十世纪初拉脱维亚北部地区和爱沙尼亚南部地区的正式名称。

23 柯楚别伊的乡村。

24 已被判死刑的柯楚别伊在黑特曼的军队中还受过刑讯。从受难者的口供中可以看出，曾问及他藏匿的宝库。

25 黑特曼豢养的军队。

26 彼得以其素有的速度和毅力，采取有力措施制服乌克兰。

"一七〇八年十一月七日，根据皇帝谕旨，哥萨克按惯例自由选举斯塔罗杜布上校伊凡·斯科罗帕茨基为黑特曼。

"八日，基辅、切尔尼哥夫和彼列雅斯拉夫等地的大主教来到格鲁霍夫。

"九日，上述大主教当众诅咒马泽巴，同日人们抬出叛贼马泽巴的木像，摘下勋章（以丝带系住，挂于木像上），将它扔给刽子手，刽子手即用绳索捆住，沿街拖往广场，吊于绞架上。

"十日，在格鲁霍夫处死切切尔及其他叛贼……"（《彼得大帝日记》）

27 小俄罗斯语，即俄语"刽子手"。

28 切切尔死守巴土林，抗拒缅希科夫公爵的大军。

29 应奥古斯特国王之邀去德累斯顿。见伏尔泰：《查理十二传》。

30 "啊，陛下！炸弹！……""炸弹和我给你口授的信有什么关系？写下去吧。"这件事发生在晚得多的时候。

31 查理深夜亲自窥探我营，袭击坐于篝火旁之哥萨克。他直接向他们驰去，亲手用枪击毙其中一名。哥萨克回击三枪，重伤其腿。

32 由于缅希科夫公爵的英明指挥和行动，决战的命运已提早决定。战斗持续不到两小时。彼得大帝的日记中记载："由于不可战胜的瑞典老爷们的迅速逃跑，敌军已被我全歼。”后来彼得因达尼雷奇[1]这一天的战绩，常常宽恕他的过错。

33　莫斯科皇帝怀着不加掩饰的喜悦……在战场上接待了一批批俘虏，不时问他们：“查理老兄在哪儿？”……这时他举起一杯酒，说：“为教会我作战的老师干杯！”伦希尔德问他，这样光荣的称呼是对谁表示敬意。沙皇回答说：“对你们，瑞典将军先生们。”伯爵随即回答：“如此说来，陛下这样不客气地对待自己的老师，岂不太忘恩负义了？”[2]

34　伊斯克拉和柯楚别伊的无首尸体交由亲属葬于基辅修道院，墓碑上镌刻着下列铭文：

日后如若有人走过这里，
他不会知道葬在这里的是谁，
恐惧和死亡令我们保持沉默，
但墓碑会对你们说明轶事，
为了真理和对我皇的忠诚，
我们饮下痛苦和死亡之杯，
马泽巴生性狠毒，千真万确，
他用斧钺斩下我们的首级；
圣母赐与奴仆以永恒的生命，
我们得以在这里静静地安息。

一七〇八年七月十五日被杀于白采尔科维近郊的鲍尔夏戈

① 即缅希科夫。
② 原文为法语。

夫策和科夫舍沃村之间的军车上，高贵的瓦西里·柯楚别伊，司法总监；约翰·伊斯克拉，波尔塔瓦上校。遗体于七月十七日运至基辅，同日葬于圣彼切尔修道院。

塔齐特

1829—1830

一大早，一群阿迪格人[①]聚集在
加苏勃老头家的院子里，
不是为了闲谈和庆贺，
不是为了出击来商议，
不是好友之间问寒暖，
不是搞什么行劫的游戏。
在达达尔图布废墟附近，
加苏勃的儿子意外遭遇
仇人，就在那里被杀害。
如今他正躺在自己的家里。
眼下正举行殡葬的仪式。
毛拉[②]的葬歌正郁郁地回旋。
几头犍牛套上了大车，
站在悲哀的丧家门前。
院子里挤得水泄不通。

---

① 高加索山民，即契尔克斯人。
② 某些地区对伊斯兰教教士的称呼。

客人中掀起哀伤的号啕声，
人们痛哭，捶打着胸甲；
听到这并非战斗的喧闹，
绊住脚的马匹在不安地躁动。
大家等待着。父亲终于
在妻妾伴随下从屋里走出来。
两个乌兹金①在他后面
用毡斗篷抬出僵冷的尸体。
人们纷纷往两旁让开。
众人把尸体放在大车上，
在他的身旁放上武器。
没有退出子弹的火枪、
长弓和箭袋、格鲁吉亚短剑、
铸刀用的上等十字钢。
这是为了使墓冢坚不可破，
让勇士在里面好好地安息，
在阿兹拉伊来②召唤的时候，
这待命的战士能一跃而起。

送葬的行列准备好上路，
大车走动了。一队阿迪格人
肃穆地跟在它后面，默默
压住马匹扬起的灰尘……

---

① 高加索的封建贵族、官员。
② 伊斯兰教的天使，专司死亡事宜，人死时由他取命。

把山上的峭壁染成金黄，
火红的落日已逐渐幽晦，
这时默默的犍牛已来到
一片铺满石子的谷地。
年轻的骑手就在这里
被满怀敌意的仇人杀死，
如今寒冷坟墓的阴影
正庇护着他那无言的死尸……

土地接纳了尸体。墓穴
填平了。人众站在墓前
做了最后的一次祈祷。
突然从山后面走出两个人——
白发老人和挺拔的少年。
人们给来人让开一条路，
那老人显得平静而高傲，
他对悲伤的父亲说道：
“可记得十三年以前，那时
你来到一个陌生的山村，
把一个孱弱的孩子交给我，
要我加以抚养和教导，
把他培育成勇敢的车臣人。
今天，你把一个夭亡的儿子
埋进了坟墓，啊，加苏勃，
你还是听从命运安排吧。
我已经给你带来了另一个。

这就是他。你可以把头
靠在他那强壮的肩膀上。
用他来补偿你的损失——
我所花的心血你自然知道，
我不想把自己的辛劳夸奖。”

他说完了。加苏勃急忙抬眼
看着那个少年。塔齐特
一动不动地站在他面前，
低垂着头，一句话也没说。
悲痛的加苏勃打量他一番，
爱子之心使他难以自制，
他亲切地把儿子搂在怀里。
接着他又拥抱了这位
养育儿子的恩人，感谢他，
并且请他光临自己的家。
他要邀来自己的亲友，
好好地招待他三天三夜，
然后送上祝福和礼物，
恭恭敬敬地将他送别。
悲伤的父亲心里想，是他
给我送来了无价的礼品：
一个忠实的朋友和心腹，
一个坚强的复仇的人。

*

　好多日子过去了。悲哀
已在加苏勃心中平息。
但塔齐特仍保留着从前的
野性。在他家的山村里
他像个外人。他整天独自
待在山里，游荡着，默默无语。
就像土屋里喂养的麋鹿，
总望着森林，他总往山野跑去。
他喜欢在陡峭的悬崖上面
飞跑，攀登石子的小道，
谛听暴风雨狂暴的声响
峡谷中浪涛奔涌的咆哮。
有时他独自坐在山上，
郁郁然直到更深夜半，
他把头支在手上，双目
一动不动凝望着远山。
他脑海里掠过哪些思想？
那时他有些什么企望？
青春的梦幻正在把他
从这人世间带往何方？……
谁知道？内心难以窥见。
少年在幻想中正任意驰骋，
就像空中的风……
　　　　　　　　可是父亲
对于塔齐特已心生怨恨。
他想："在他身上哪儿有

培育的成果、勇气、机智、
灵巧、计谋和过人的膂力？
他身上只有骄横和懒惰，
要不然就是我没看透儿子，
或者是那老头欺骗了我。”

*

塔齐特从家里的马群当中
牵出了他那匹心爱的骏马。
整整两天他离开了山村，
第三天他才回自己的家。

父　亲

孩子，你哪儿去啦？

儿　子

在峡谷里，
石头的河岸已打开缺口，
有条路可通往达里雅尔。

父　亲

在那里做什么？

儿　子

听捷列克怒吼。

父　亲

你可看见格鲁吉亚人
或者俄罗斯人?

儿　子

我只见一个
运货的梯弗里斯亚美尼亚人。

父　亲

他可带卫兵?

儿　子

没有，只他一个。

父　亲

你为何没想起出其不意

向他猛袭，结果他性命，
从悬崖上跳下，扑到他身上？

契尔克斯人的儿子没有回答，
他只是默默地垂下眼睛。

*

塔齐特又给骏马备了鞍，
两天两夜他没了踪迹，
后来终于回到了家里。

父　亲

你哪儿去了？

儿　子

在白山那边。

父　亲

遇见了什么人？

儿　子

在一座坟山上

遇见从我家逃跑的奴隶。

父　亲

啊，我的运气真是好极了！
他在哪里？你可曾用套索
把逃走的奴隶拖回家里？

塔齐特又一次低下头来。
加苏勃无言地皱起眉头，
但他藏起了心中的怒火。
他想："不能啊，他怎么也不能
代替他那死去的哥哥。
我的塔齐特并没有学会
用军刀去把金银劫夺。
他的游荡不会给我带来
成群的马匹，成群的牲口。
他只会不费一点力气
听波涛的轰鸣，看天上的星星，
而不会在一场袭击中夺取
马匹和诺盖人①的牛群，
也不会把战斗中掳来的奴隶
装上阿纳普河上的小艇。"

① 土耳其语系的一个民族，居住在高加索。

*

塔齐特又给骏马备了鞍。
两天两夜他没了踪迹。
到了第三天，他脸色煞白，
像个死人，回到了家里。
父亲一眼看见他，问道：
“你哪儿去了？”

儿　子

在库班的哥萨克镇
附近，在一片树林的边上
…………

父　亲

看见了什么人？

儿　子

看见了仇人。

父　亲

看见谁？看见谁？

儿　子

杀害哥哥的凶手。

父　亲

是那杀害我儿子的凶手？……
快过来！……哪儿是他的头颅？
塔齐特！……我要他的这颗头。
快给我看看！

儿　子

那凶手一个人，
浑身是伤，没了武器，空着手……

父　亲

你没有长久地淡忘那血仇！……
你把仇敌面朝天摔倒在地，
是不是这样？你拔出军刀
朝他的喉咙直插进去，
在那里轻轻地转了三转，
尽情欣赏着他的呻吟，
看着他扭曲着像条蛇死去……

他的头在哪里？我再不能容忍……

但儿子一声不吭，垂下双眼。
于是加苏勃比夜色还阴沉，
对儿子发狂一般叫喊：

"你给我滚——你不是我的儿子，
你不是车臣人——你是老太婆、
亚美尼亚人、胆小鬼和奴才！
我要诅咒你！滚吧，别让人
把我这不肖儿子到处传说，
让你永远等待那可怕的会面，
让你那死去的哥哥像一只
血淋淋的猫骑在你肩上，
无情地驱使你向深渊跑去，
让你像一头受伤的麋鹿
到处乱闯，得不到安慰，
让那俄罗斯乡下的小孩
用绳索牢牢地把你捆住，
像折磨狼崽一样折磨你，
让你……滚吧，快点滚开吧，
别脏了我的眼，别让我看见你！"
说完，他躺倒在地上——双眼
紧闭。就这样躺到夜里。
当他从地上爬起来的时候，
在湛蓝的天边已经升起

一轮明月，它那样清明，
在崖顶上洒下一片银辉。
他三次把塔齐特的名字呼喊，
可是没有人回答他的叫唤……

*

　居住在峡谷里的山民
热热闹闹地聚集在谷地里——
开始了他们玩惯的游戏。
年轻的车臣人骑在马上，
风驰电掣般穿过飞尘，
一会儿用飞箭射穿帽子，
一会儿用刀剑一下劈断
折成三叠的高加索毯子。
一会儿身上涂上油摔跤，
一会儿跳起急速的舞蹈。
妇女在一旁唱歌——与她们
唱和的有远处森林的喧嚣。
但是在青年当中有一个——
没有参加马术的游戏，
他没有用硬弓瞄准目标，
也没有骑马在悬崖上飞驰。
在少女们当中也有一个，
她脸色苍白，沉默而郁悒。
在人群中他们是怪异的一对，

站在那里，什么也没注意。
他是被赶走的儿子，她是
他的情人，他们俩只有伤悲……

啊，有过一段时间！……这青年
和她偷偷地在山里见面。
在她的慌乱中，在她发出
片言只语、垂下眼睛的时候，
他饮着那杯甜蜜的毒焰，
有时候，她常常站在家门口，
一边和活泼的小姐妹谈话，
一边望着门前的大路，
突然间脸色发白，坐下，
虽然答话，却不看对方，
又满脸通红，像一片红霞——
有时候，她常常站在一道
从崖顶奔泻而下的山涧旁，
用一只铁铸的水罐久久地
汲取那哗哗作响的波浪。
于是他再也不能抑制
内心的激动，有一天他登门
去找她父亲，把他拉到
一旁，对他说：“我早已倾心
你的女儿。对她朝思暮想，
因为我是个孤苦伶仃的人。
请你为我的爱情祝福吧。

我虽穷，但是年轻力壮。
干活在我是轻而易举，
我能从家里赶走饥荒。
我会成为你的儿子和朋友，
对你恭顺、亲近和忠实，
我会成为你儿子的知交，
对她——则是个可靠的伴侣。”

科隆纳一人家

1830

一

我已厌倦四音步的抑扬格：
写这种诗的人处处都有。
该让孩子们用它去玩耍了，
我想写八行诗为时已久。
说实话，三重韵是我的拿手戏，
瞧我写来多么得心应手。
我脑中的韵脚唾手可得，
两个韵来了，自然会来第三个。

二

为了使韵路开阔、自由，
我立即决定用动词来押韵……
你们知道，用动词来做韵脚，
这一向犯忌。为什么？我要问。

虔诚的希赫马托夫[①]就这样写诗；
我多半也这样写我的作品。
你们说，这何必？我们底子薄。
从此我要用动词做韵脚。

三

　　我不会骄横地剔除动词，
把它们看成伤残的新兵，
或者是体态丑陋的驽马，
连接词和副词，我也要选用，
我要用小流氓组成一支大军。
为了韵脚，一切都可以收容，
哪怕是整部词典。士兵就是音节，
大家都有用，我们不是搞检阅。

四

　　好，阴性和阳性的音节！
上帝保佑，让我们试试：注意！
向前看齐，迈开你们的脚步，
三个一排，向八行诗走去！
别害怕，我们不会太严格，

① 希林斯基-希赫马托夫（1785—1837），俄国诗人，曾写作宗教题材的诗歌。他认为用动词押韵是不可取的。

放开点儿，只是不要乱挤，
感谢上帝，大家操练得很好，
让我们迈上康庄大道。

五

　按一定次序，一定数字，
一行一行写自己的诗句，
不让它们游离在一边，
像军队被打散，是多么惬意！
瞧每个音节都精彩而可敬，
每行诗都觉得自己了不起，
而诗人呢……能和谁相提并论？
他是塔米尔兰[①]，也许是拿破仑。

六

　写到这里，让我们稍事休息。
怎么？是停下来还是叫“加倍”[②]？……
说实话，在五个音步的诗行里，
我喜欢在第二步停顿一会。
否则，诗行会七高八低，
我纵使躺在沙发上安睡，

① 塔米尔兰，传说是成吉思汗的后裔，曾在土耳其斯坦、西伯利亚等地建立统治。
② 牌戏中的术语，此处指下面还要押两个“倍”字韵，如本节中的“会”“睡”。

也会觉得剧烈颠簸摇荡，
像坐车急驰在冻结的田野上。

七

　可这算得了什么？人不能
老是在大理石的涅瓦河岸
散步，或在镶木地板上起舞，
或者驰骋在吉尔吉斯草原。
我要一站一站地走下去，
像那传说中的怪人一般——
他骑着快马，并不喂养，
从莫斯科来到涅瓦河旁。

八

　我是说，快马！帕尔纳索斯①的神马
也追不上它。但是珀伽索斯②
已经老掉了牙，它掘出的泉水
已干涸。荨麻长遍了帕尔纳索斯，
福玻斯③已退休，缪斯也告老，
她们的圆舞已叫人毫无兴致，

① 希腊神话中太阳神阿波罗和文艺女神缪斯的灵地。
② 希腊神话中生有双翼的神马，它的蹄子踏过的地方有泉水涌出，诗人可从中获得灵感。
③ 希腊神话中的太阳神，一说是阿波罗，一说是赫里俄斯。

于是我们把自己的营帐
从古典主义顶峰搬到旧货市场。

九

　坐下吧，缪斯：袖起你的手，
脚放在凳下！好动的姑娘，别乱转！
现在讲故事。从前有个寡妇，
这贫穷的老大娘八年前
和女儿住在波克罗夫教堂旁，
那简朴的小屋就在岗亭后边，
她们那明亮的房间、三个窗户、
台阶和小门，都还历历在目。

一〇

　三天前，临近傍晚时分，
我和朋友到那里去闲逛。
小屋已没了踪影，那里
盖起了一座三层的楼房。
我想起那常坐在窗前的
老寡妇和她的年轻姑娘，
我年轻时的情景又浮现在眼前，
她们是否还活着？有什么变迁？

一一

我心中闷闷不乐：我斜着眼睛
看看那座高楼，如果这时刻
有一场大火将它吞噬，
那火焰该使我多么快乐，
我妒恨的眼睛才感到满足。
我们的心总是充满许多
幻想；当我们单独或与三两
同伴散步时，也常会胡思乱想。

一二

谁要能牢牢地管住舌头，
把思想的缰绳紧紧抓住，
谁要能刹那间掐死心中
那咝咝叫的蛇，谁就有福。
但谁要是喜欢饶舌，那恶魔的
声名就会立刻到处传布……
哦，我忘了，医生不准我忧郁，
不谈这些了——实在对不起。

一三

老大娘（这样的面貌我在

伦勃朗[1]的油画上见过无数次）
戴着压发帽和老花眼镜。
但女儿是个少女，长得很标致：
眼睛和眉毛像夜色一般黑，
人却温柔和白净得像鸽子；
她的爱好高尚而又文明，
她还读过埃敏[2]的作品。

一四

这少女还会弹奏六弦琴，
会唱《灰色的鸽子多忧伤》、
《我要不要出门》[3]和旧时的小调，
她会唱所有的歌，像俄国姑娘
冬天的傍晚坐在火炉边，
寂寞的秋日守在茶炊旁，
春天在小树林郁悒地低吟，
这感伤的歌女，像我们的诗神。

一五

不管是比喻，还是现实：我们全家，

---

① 伦勃朗（1606—1669），荷兰画家，善作肖像画。
② Ф.А. 埃敏（约 1735—1770），俄国惊险小说作家，他的作品当时甚为流行。也可能指他的儿子 Н.Ф. 埃敏，他写过一些书信体感伤小说。
③ 这是当时根据德米特里耶夫和涅列金斯基-梅列茨基的词谱写的两首流行歌曲。

从马车夫到首屈一指的诗人
都唱得很忧郁。俄罗斯的歌曲
就是悲伤地呼号，这已遐迩闻名！
开头欢天喜地，最后悲痛欲绝，
我们的缪斯和少女，她们的歌声
都是这么悲哀和伤感，
可那忧伤的调子却动人心弦。

一六

那美人儿小名叫做芭拉莎，
缝补浆洗样样都在行，
家务都由她一人操持，
账目也由她一手承当，
荞麦粥由她亲自烧煮
（这重要的活儿有个老厨娘
帮着干，她是好心的大娘费克拉，
虽然她听觉不灵，嗅觉欠佳）。

一七

年迈的妈妈常坐在窗前，
白天她总把袜子编织，
夜晚则端坐在小桌旁，
摊开纸牌，做占卜的游戏，
她的女儿满屋子奔忙，

忽而在窗前，忽而在院子里，
街上的人谁乘车，谁步行
她都看得清（真是个敏锐的女性）！

一八

　冬天百叶窗早早就关上，
但是在夏天，到入夜之前，
门窗都开着。苍白的狄安娜
久久从窗口对着姑娘细看
（每一部小说都要写到
这一点，这已经成了习惯！），
通常，妈妈的鼾声已打得山响，
而女儿却还望着月亮。

一九

　听着阁楼上喵喵的猫叫
（不知羞耻的幽会的暗号），
还有远处卫兵的吆喝、
时钟的打点。夏夜静悄悄，
笼罩着安谧的科隆纳，偶尔
有两个人影从邻屋溜掉。
听得见慵倦少女的心房
在隆起的衣衫下面猛撞。

二〇

每个礼拜天，不管严冬酷暑，
老寡妇总带着女儿上教堂，
她总站在人群的最前列，
伫立在唱诗班的左边，那一晌
我已不住在那里，但是
只要我睡着，忠实的梦魂便飞向
科隆纳，飞向波克罗夫，礼拜天
我总是到那里听俄国人的颂赞。

二一

我记得有个伯爵夫人[①]也常常
上那里去（我已忘了她的姓名）……
她又有钱又年轻，走进教堂
总是威风凛凛，华贵雍容，
祈祷也神气活现（在这种场合！），
说来罪过！我总是朝右边频频
瞧着她。芭拉莎本来就可怜，
相形之下，显得更寒酸。

① 指娘家姓布特凯维奇的斯特罗伊诺夫斯基伯爵夫人。她为了挽救破产的家庭，十八岁嫁给一个七十岁的富翁。

二二

有时伯爵夫人会漫不经心
向她投去傲慢的瞥视。
可她默默而虔诚地祈祷，
仍然是那么专心致志。
她是那么温柔而谦逊；
而伯爵夫人则想着自己的事，
最新的时装使她沉醉，
她只欣赏自己冷峻高傲的美。

二三

她是虚荣心的冷峻化身，
这一点你们准能在她身上发现；
但是透过这高傲我洞察了
另一个方面：她郁郁寡欢，
强压着哀怨……对此，我深有了解，
它们吸引着我不由自主的视线……
但伯爵夫人并不知道这一点，
想必把我列入俘虏的名单。

二四

她内心深藏着痛苦，虽然

年轻美貌，虽然过着奢侈
舒适的生活，虽然主宰着
福耳图那[①]，虽然世人惯于
对她阿谀奉承，但她是不幸的。
读者，您那刚结交的新知
芭拉莎，那淳朴善心的姑娘，
却要比她百倍地欢畅。

二五

长长的发辫挽在牛角梳子上，
金黄的鬈发垂挂在耳边，
头巾在胸前打结或交叉，
纤细的颈项戴着蜡项链——
打扮很平常，但是黑胡子的
近卫军却徘徊在她的窗前，
姑娘没有华贵的衣装，
却叫他们个个如痴如狂。

二六

他们中间，谁更使她钟情，
或者她的心对他们都一样
冷淡？下面我们就会看到。

---

① 罗马神话中的命运女神。此处作命运解。

眼下她的日子还过得很平常，
无论是盛大的舞会，无论是
巴黎、皇宫，她都不向往
(虽然她的堂姐，宫廷总管夫人
维拉·伊凡诺夫娜就住在宫廷)。

二七

突然，她们家遭到了不幸。
老厨娘去洗了一次蒸汽浴，
回来就病倒了，虽然用茶，
用酒、用醋、用薄荷制剂
给她医治，但圣诞节前夜
她还是与世长辞，老寡妇母女
和她告了别。当天就有人跑来
料理后事，送她去奥赫塔[①]掩埋。

二八

一家人都深深感叹，小猫
瓦西卡更是伤心，过后，老寡妇
想了想，两三天——可不能再长——
没有厨娘还可以对付，
长此以往，吃饭可就犯了难，

① 在彼得堡郊区，有埋葬穷人的墓地。

于是唤道："芭拉莎！""来啦！""何处
可以找到厨娘，去问问邻居，
要找到便宜的，可是不容易。"

二九

"我知道，妈妈。"于是她裹紧外衣
跑出去（这是个严寒的冬天，
雪地沙沙地响，湛蓝的穹苍
万里无云，星光熠熠，寒光闪闪）。
老寡妇久久地等着芭拉莎，
瞌睡虫悄悄爬上她的眉间，
很晚了，芭拉莎才回到她身旁，
说道："我给你带来个新厨娘。"

三〇

一个姑娘跟在她后面，
高高的身材，长得还端正，
身穿一条短短的裙子，
怯生生走过来，深深鞠个躬，
然后躲到墙角去，拉了拉围裙，
"要多少工钱？"老大娘问一声。
"一切全听您的便。"那姑娘
回答得谦恭而又大方。

三一

老寡妇对她的回答很满意。
“你叫什么名字？”“玛芙拉。”“玛芙拉，
好，就留在我家，亲爱的，你还年轻，
要躲开男人。故世的费克拉
在我这里做了十年厨娘，
是个安守本分的妇道人家。
要把我和我的闺女服侍好，
勤勤恳恳，别乱报开销。”

三二

一天两天过去了，这厨娘
可真没有用：一会儿食物烧过火，
一会儿东西烤焦了，一会儿打翻
所有的碗碟；盐总放得太多。
坐下来缝补——却不会拿针，
你骂她——她一声不吭地坐着。
不管做什么，她都搞得一团糟，
芭拉莎怎么教，她都做不好。

三三

礼拜天的早晨，母女俩都去

教堂做弥撒，玛芙拉一个人
在家里留下，你看，她整夜
闹牙疼，痛得她简直要发昏，
再说，还有肉桂要捣碎，
她还准备烤些甜点心。
只好把她留下，但是老大娘
在教堂里，心中突然发了慌。

三四

她想：“这个狡猾的玛芙拉，
为什么突然想烤甜点心？
她呀，看模样很像个骗子手！
是不是想偷东西把我们蒙混，
然后溜掉？我们还要穿着新衣
去过节呐！哎呀呀，多吓人！”
老大娘想到这里简直惊呆了，
终于忍不住对着女儿说：

三五

“你呆在这儿，芭拉莎，我要回家，
我觉得很可怕。”为什么她这样慌，
女儿闹不清。那老寡妇
三步作两步跑出了教堂。
她的心怦怦跳，像面临着灾难，

回到家里，她急忙看看厨房，
玛芙拉不在。老寡妇走进房间，
怎么啦？天哪！多吓人的场面！

三六

　那厨娘端端正正地坐着，
对着芭拉莎的小镜刮胡子。
寡妇怎么啦？“哎哟哟，哎哟哟！”
她噗通一声跌倒了。那厨子
满脸涂着肥皂沫，看见她，
慌慌张张，从她身上跨过去
(全不顾寡妇的尊严)，跑出了大门，
双手掩住脸，一个劲儿往前奔。

三七

　弥撒结束了，芭拉莎回到家。
“妈妈，什么事？”“哦，我的芭拉莎！
玛芙拉……”“她怎么啦？”“我们的厨娘……
唉，我的脑子真是糊涂啦……
对着镜子，脸上涂满了肥皂……”
“什么，我一点也听不懂您的话，
玛芙拉在哪儿？”“唉，她是个歹徒！
她在刮胡子！……像我死去的丈夫！”

三八

我们的芭拉莎是不是红了脸，
我可说不上，但是玛芙拉
从此不见了——没了踪影！
她走了，一点工钱也没拿，
也没闯下什么天大的祸事。
在那俏姑娘和老寡妇的家，
是谁接替了玛芙拉？我发誓，
不知道，我得赶紧结束这故事。

三九

“怎么，难道就是这些？您开玩笑！”
“千真万确。”“八行诗就这么回事！
那何必如此兴师动众，
召集一支大军，吹破了牛皮？
您选择的路子倒叫人羡慕！
是不是没有找到别的话题？
难道就没有一句警世箴言？”
“没有……也许有：让我想想看……

四〇

“我要说的是：依我看来，

想不花钱请厨娘，这很危险；
谁生来是个男人，却要穿上裙子，
打扮成女人，这未免怪诞
而枉然，总有一天，他要刮胡子，
这和女人的天性不相干……
此外，再没有别的含义，
请别从我的故事里去硬挤。”

叶泽尔斯基

1832

一

在阴沉的彼得格勒上空，
秋风呼呼地驱赶着乌云，
天空弥漫着潮湿的寒气，
涅瓦河喧闹着；巨浪一阵阵
拍击着沿岸整齐的码头，
就像一个焦急的告状者
叩击着法院的大门；雨点
凄凉地敲打着窗户，天色
已经越来越黑。这时候
伊凡·叶泽尔斯基，我的怪人，
登上了他那狭小的阁楼……
有关他的民族，他的出身，
他的官阶、职务和年岁，
你们不妨了解一下，诸位。

二

让我们从头[1]开始：叶泽尔斯基
出身于那种将帅家庭，
他家的尚武精神和粗野，
在昔日可怕得如同沧瀛。
他的始祖叫奥杜尔弗，
按照《索菲亚年代纪》的记载，
是个“非常威严的统帅”。
奥丽加[2]执政时他儿子法尔拉夫
在沙列格勒[3]接受了洗礼，
他和一位希腊郡主成了亲，
他们生下了两个儿子：
雅库勃和多罗菲；因中了埋伏，
雅库勃以身殉国，而多罗菲
却生下了十二个儿子。

三

昂德烈，别号叶泽尔斯基，
生了儿子伊凡和伊里亚。
后来在彼切尔修道院苦修，

① 原文为拉丁语。
② 奥丽加（？—969），基辅大公伊戈尔的妻子，在儿子斯维亚托斯拉夫幼年时和出征时执政。
③ 古代俄国人对君士坦丁堡（今伊斯坦布尔）的称谓。一译“皇城”。

从此叶泽尔斯基一家
就确定了这个姓。他们当中
有一个在卡尔卡河激战[①]中被俘，
在那儿像蚊子被捻死一般，
在鞑靼人的铁蹄下一命呜呼；
可是另一个叶泽尔斯基，
叶利扎尔带领苏兹达尔亲兵
从后方直捣他们的军营，
在涅普里亚德瓦和顿河之间
将鞑靼人的鲜血痛饮一场，
虽然有损失，却英名远扬。

四

在我国古代光荣的世纪，
就像在灾难深重的时期，
兵荒马乱的血腥日子里，
叶泽尔斯基家同样英名盖世。
他们在军队中或在议事厅，
在军务或在对外谈判中，
为列位公爵和沙皇效忠。
叶泽尔斯基家有个瓦尔拉姆，
以贵族的傲慢闻名于世，

① 卡尔卡河，乌克兰境内的河流，今卡利奇克河。一二二三年俄军同鞑靼军队在卡尔卡河畔首次开战，鞑靼军队获胜。

由于他到处与人争吵，
常常被赶出皇家的筵席，
为此而蒙受奇耻大辱，
可他为了逾越西茨基家的地位
又大发雷霆，终于一命呜呼。

五

后来罗曼诺夫①接受了皇冠——
那是庄严的杜马决定授与，
俄罗斯在和平的政权底下，
终于得到了休养生息，
我们的敌人都已臣服，
那时叶泽尔斯基家在宫廷里
拥有极其烜赫的权势。
在彼得大帝统治的时候……
可是很抱歉：读者诸君，
也许我使你们感到恼恨：
你们从时代得到良好教育，
贵族的傲慢再不会使你们恼怒，
而你们也完全不再需要
你们世代相传的家谱……

---

① 一六一三年二月莫斯科召集了杜马（议会）会议，选举米哈伊尔·费奥多罗维奇·罗曼诺夫为沙皇。俄国从此开始了罗曼诺夫王朝的统治，直至一九一七年二月末代皇帝尼古拉二世被推翻为止。

六

不管你们的始祖是谁，
大胆的姆斯季斯拉夫[①]，叶尔马克[②]，
还是酒馆老板米丘什卡，
你们都无所谓——没什么可说，
你们都冷漠而又明智地
蔑视你们的父辈，蔑视
他们昔日的荣誉和权力，
你们早就把这些舍弃，
作为公共利益的朋友，
为了表现出真正的教养，
你们引以为骄傲的是
个人的功绩，堂叔的勋章，
或者是应邀前去出席
祖父未曾参加过的舞会。

七

我自己——虽然同行们取笑我，
或是口头上，或利用书本——
我是个小市民，如你们所知，
在这个意义上，我是个平民。

---

① （大胆的）姆斯季斯拉夫（？—1228），俄国大公。
② 叶尔马克（？—1585），哥萨克首领。约在一五八一年远征西伯利亚。

但是很抱歉，我这新出现的
霍达科夫斯基[①]喜欢聆听
莫斯科的祖母谈论亲戚，
叙说远古的风俗人情。
我这显赫祖先的可怜子孙，
乐于看到卡拉姆辛[②]的著作里
寥寥数语提到他们的名字。
无论我怎么努力，上帝作证，
我怎么也不能够改掉
这个并无坏处的嗜好。

八

　　很可惜，这些贵族的家系
正失去光辉，气势在式微。
很可惜，再没有波查尔斯基公爵[③]
这类精英，别的人也没人提起，
小丑费格里亚林[④]把他们辱骂，
这个轻浮的俄罗斯显贵
扔掉沙皇赐给的证书，
犹如扔掉过时的日历。

---

① 霍达科夫斯基，著名的古风崇尚者。
② 卡拉姆辛（1766—1826），俄国作家、历史学家，著有《俄国国家通史》。
③ 波查尔斯基（1578—1642），大贵族，俄国统帅。一六一三至一六一八年领导过反对波兰武装干涉者的军事行动。
④ 费格里亚林，指保守文人布尔加林，他曾毁谤普希金。

很可惜，对那些历史的声音
我们已觉得陌生，虽然我们
无意中从贵族落入第三等级[①]，
虽然我们的子孙将变得赤贫，
而且看来，谁也不会为此
对我们表示一下谢意。

九

　很可惜，我们竟然允许
那雇佣的手把收入剥夺，
在京城里一年到头艰难地
戴着那辛苦操劳的重轭，
我们没有和睦的家庭，
不富有，也没有余暇的宁静，
我们在世代拥有的土地上
一天天衰老，走近祖先的坟茔，
领地上被我们遗忘的高楼里
也已经荒芜，野草丛生，
我们这儿即使是驴子
扬起的也是纹章志里
狮子已经平民化的蹄子：
时代精神已不知哪里去！

① 原文为法语。

一〇

为此我拼命翻阅档案，
在闲暇时刻潜心研究
我的主人公的全部家谱，
我已动手写他的故事，
并在此向后代郑重宣布。
叶泽尔斯基自己很了解，
他的祖父是个伟大人物，
拥有一万五千个农奴。
他父亲从这些农奴当中
分到了八分之一，他起初
把他们全数拿去抵押，
后来索性卖给了当铺……
他自己就靠着薪金生活，
担任个十四品文官职务。

一一

用盘问来扰乱缪斯的安宁，
我的批评家冷笑着对我说：
“您选了个多么令人羡慕的
主人公！您的主人公是哪一个？”
“怎么？一个十四品文官。
您真是个严厉的批评家！
我要歌唱他——为什么不歌唱？

他是我的朋友和邻家。
杰尔查文①歌唱过两位芳邻，
歌唱过梅谢尔斯基之死，
这位费丽察的歌者是一位
好歌手，歌唱过他们的婚礼，
那替代了宴会的午餐和殡葬，
虽然世人不会为此难堪。”

一二

　人们向我指出，杰尔查文
和我可不能混为一谈；
他们说，在美与丑之间
有一条不可逾越的界线；
梅谢尔斯基公爵是枢密官，
而不是十四品的小角色——
他们说，如果诗人能选取
崇高的对象，那就好得多；
他们说，何况真正的主人公
到处都有；在我们的时代，
他们并不是寥若晨星。
难道说，我不是此中的行家？
难道说，在我的朋友当中

---

① 杰尔查文（1743—1816），俄国诗人。他写过《致第一个邻居》《致第二个邻居》和《悼梅谢尔斯基公爵之死》等诗。他还写过《费丽察颂》，歌颂女皇叶卡捷琳娜二世（费丽察）。

就没有两三个够得上伟大？

一三

当海船在风平浪静的海面上
焦急地等待着和风的来临，
为什么风儿却在峡谷里打转，
吹起落叶，还卷走灰尘？
为什么巨大而凶猛的鹰鹫
从山中腾起，掠过高塔，
落在黑色的树桩上？请问它。
为什么年轻的苔丝德梦娜
深深地爱着她那个黑人，①
犹如明月爱夜晚的幽冥？
只因为不管风儿、鹰鹫
或少女的心都无规律可循。
自豪吧，诗人，你也是这样，
你写诗并不按什么规定。

一四

常常不为人们所理解，
你心中充满金子般的思想，
在尘世的十字路口前面，

---

① 莎士比亚悲剧《奥瑟罗》中的女主人公，黑人即指奥瑟罗。

你径直走过，默然而忧伤。
群俗不能和你一起愤怒、
受穷、呐喊和哈哈大笑，
不能和你一起惊讶、辛劳。
愚人叫喊着：“往哪儿？往哪儿？
路在这边。”但你无意听从，
只循着金子般的梦想指明的
方向走去；隐秘的劳动
就是奖赏；你为它而生活，
并且把这劳动的果实
扔给群俗——浮华的奴婢。

一五

　　你可以说“胡扯”，或者“妙极了”①，
你也可以什么都不说——
但我必须坚持——我有权
选择我家的一位邻舍
做我这普通小说的主人公，
虽然他不是一个军人，
不是一个二流的唐璜，
不是恶魔，也不是茨冈人，
只不过是京城里的老百姓，
这样的人处处可以遇到，

① 原文为法语。

他和我们的兄弟没有区别——
无论是智力，还是面貌，
他非常和蔼，也很朴实，
不过，却是个干练的小伙子。

安哲鲁

1833

第一章

一

在安居乐业的意大利有一座城市，
仁爱的老公爵曾经在那里统治，
他是治下众百姓的慈爱父亲，
是和平、真理、艺术和科学的知己。
但最高的权力和慈悲不能并存，
而他的心怀却实在过于宽容。
人民都爱戴他并且毫无畏惧，
刑律在他的法庭上已昏昏睡去，
像衰弱的老兽要捕杀也力不能胜。
公爵善良的胸怀已有所感触，
常常为此而感叹。他清楚地看到，
儿孙们已一天天不如他们的祖辈，
连婴儿也要咬他母亲的奶头，
司法机关坐在那儿无所事事，
连弹一下他的鼻子也懒于动手。

二

善良的公爵常感到悔恨愧疚，
他常想重建早已松弛的纲纪；
可怎么办？明显的恶行早就被容忍，
法庭对它们已经表示了默许，
突然加以惩处，这实在不公正，
会使人感到兀突——人们会惊奇，
特别是对那个纵容姑息的祸首。
怎么办？公爵久久地容忍、寻思；
他终于想出办法：他决定暂且
让别人挑起这副执政的重担，
让新的统治者用新的刑法建立
新的秩序，并做得严厉而果断。

三

有一位安哲鲁，是个精明的老手，
他精通统治之术，生性又严峻，
办事、治学和斋戒都铁板着面孔，
由于作风的严厉而负有盛名，
他用法律的规范紧束着自己，
紧绷着面孔，具有坚强的意志；
老公爵正是指定他作为摄政，
对他恩宠倍加，授予他以权威，
把无限的权力交到他的手中。

他自己避开令人厌烦的注视，
没有同人民告别，**就改名换姓**[1]，
独自出去漫游，像古代的骑士。

四

　　安哲鲁一着手进行他的治理，
一切立即以另一种秩序运行，
生锈的弹簧又恢复它的弹力，
法律抬起头，把恶行抓在手中，
挤满人群的广场上肃静而恐怖，
每逢礼拜五便在这地方行刑，
人民都搔着耳朵悄悄地议论：
“嘿嘿！这个人和那一个可不同。”

五

　　那时候在许多被遗忘的法律当中
有一条很残酷，这法律郑重规定
对通奸者处以死刑。在这个城市里
谁也不记得、没听说这种极刑。
阴郁的安哲鲁在一大堆法典里面
发现了它——为儆戒城里的纨绔子弟，
他又把这一条法律付诸实行，

① 原文为拉丁语。

以严厉的语气对助手们谆谆训喻：
“对恶行须加以儆戒。百姓都宠坏了，
他们都已把习惯当成了权利，
像耗子在瞌睡的狮子身边打转，
众百姓也在法律的周围游戏。
法律不应是破布做成的稻草人，
连小鸟也敢在那上面随意栖息。”

六

　无形中安哲鲁使大家心惊肉跳，
百姓怨声载道，青年们在嘲笑，
玩笑中也不轻饶这严厉的权贵，
同时却在悬崖上轻狂地飞跑，
于是年轻贵族克劳狄奥第一个
让他那无忧无虑的头落到斧钺下；
他曾引诱多情的少女朱丽叶，
在非法爱情的圣礼中尽情戏耍，
他本希望让时间来消弭灾祸，
没有把这情人带进上流社会。
但不幸爱情的后果终于暴露；
有人发现了两个情人的不轨，
法庭公开了他们两人的耻辱，
对青年的判决也同时当众宣布。

七

不幸的人听罢这个残酷的决定，
便垂头丧气地朝着监狱走去，
他一路痛苦地怨诉，每个路人
不由得为他惋惜。快乐的浪子
路西奥这时候突然迎面走来，
他喜欢信口胡诌，却急公好义。
克劳狄奥说："朋友，求求你！请帮忙：
到修道院去找我的姐姐。对她说，
我已被判处了死刑，请她火速
救我的命，让她去央求朋友们，
甚而亲自去求摄政从轻发落。
路西奥，她天生机灵而又聪明，
上帝赋予她以辩才和动人的言辞，
再说，妙龄的美人儿光是痛哭
也能够打动人心。""好吧！我就去。"
那浪子答应了一声，便立刻动身
向修道院走去。

八

年轻的伊莎贝拉
正在和一位主持的修女谈话。
过一天她就要削发成为修女，
这时正和老修女商谈这件事。

突然路西奥打铃进来。铁门旁，
未来的修女数着念珠向他致意，
她问路西奥：“您要找的是哪一位？”
“童贞女（从您绯红的脸蛋判断，
我相信，您是一位真正的童贞女），
您能否通报一下美丽的伊莎贝拉，
就说她不幸的弟弟派我来找她？”
“不幸？……为什么？他出了什么事？请直说：
我是克劳狄奥的姐姐。”“真的？太好啦。
他真诚地向您问候。是这么一回事：
令弟下了大狱。”“为什么？”“我的美人，
换了我，为了这种事还得感谢他，
而他也不会受到另一种严惩。”
(于是他详细地向她叙述了一番，
在年轻女隐士那纯洁的耳朵听来，
他的话语都赤裸裸，有些粗鲁，
但少女还是聚精会神地谛听，
不假装羞怯和愤怒，不忸怩作态。
她的心灵犹如以太一般纯洁。
人世间的浮华、那些无聊的话语，
不能使这未见世面的少女羞怯。)
路西奥接着说：“如今您只有用祈求
去打动安哲鲁的心，这就是令弟
对您的恳求。”“我的天，”少女回答，
“但愿我的话能产生那样的效力，
可是我怀疑；我没有那样的能耐……”

“疑惑是我们的大敌，”他激烈反驳，
“叛徒们常用失败来恐吓我们，
不让我们把到手的幸福收获。
到安哲鲁那边去，请您听听我的话，
如果少女向男人跪下来求情，
对他哀哀痛哭，那他就一定会
像上帝一样，什么都慷慨答应。”

九

少女求得可敬的老修女的同意，
和热心的路西奥一路赶去见大人，
于是她双膝跪下，恭顺地祈求，
为她的弟弟求摄政格外开恩。
“姑娘，”那个严厉的人回答少女，
“你无法救他，你弟弟已活够了岁数，
他只有一死。”伊莎贝拉哭泣着，
向他鞠了一躬，转身就要离去，
但是好心的路西奥把少女拦住，
“别就这么罢休，”他轻轻对她说，
“您再去求他；在他的面前跪下，
抓住他的衣角，痛哭流涕，诉苦，
现在您应该把女人的所有本事
统统地施展出来。您太冷淡啦，
你们两人就像在谈论一枚针。
不用说，这样做势必一事无成。

您可别放过他！再去！”

一〇

她又一次

含羞带怯苦苦地哀求这一位
心肠有如铁石一般的执法人：
“请相信我吧，无论是国王的冠冕，
无论是摄政的宝剑、法官的长袍，
或是统帅的权标——所有的荣耀
都不能使尘世的执政者变得庄严，
只有仁慈才能使他们显得崇高。
假如我弟弟也处于你这样的地位，
而你是克劳狄奥，你也可能失足，
他对你可不会这样严厉。”

一一

她的责备

使安哲鲁不知所措。他轻声对她说：
“请离开我吧。”目光中带着愠怒。
但是谦卑的少女却变得越加
激烈和大胆。她说：“请反躬自问，
假如那赦免和医治我们的上帝
有一天要审判我们这些罪人，
而不再怀着仁慈之心，我们会怎样？

想一想，你就会听到爱的心声，
你的嘴就会发出慈悲的声音，
你将会成为一个新人。”

一二

他回答：
“走吧，你的恳求只是白费言辞。
不是我，是法律要惩罚。我难救令弟，
他明天将被处死。”

伊莎贝拉

明天！什么？不能。
他还没有准备，不能对他行刑……
我们难道能这样随便把牺牲
送去见上帝。就是小鸡不到时候
也不宰割。不能这么快就行刑。
救救他，救救他，请你认真想一想，
你知道，大人，这不幸的人被判刑，
他所犯的罪，以前每个人都得到
赦免；他是第一个被判刑的人。

安哲鲁

法律没有死，只是暂时打瞌睡，

现在它苏醒了。

伊莎贝拉

请你开恩！

安哲鲁

不行。

对罪恶姑息放任也是一种犯罪，
惩罚一个，我就是拯救许多人。

伊莎贝拉

你想第一个做出这可怕的判决？
而我不幸的弟弟是第一个牺牲。
不不！请你开恩。难道你的灵魂
就那么干净？请扪心自问：难道
它生来从未有一丝邪念萌生？

一三

他不由得全身一颤，低下头来，
想一走了之。她又说："别走，别走！
请你回过身听我说。我要报答你，

用最好的礼物……请把这礼物接受，
它并不虚幻，而充满虔诚和善良，
你将同上苍一起把它们分享：
在朝霞升起前，在夜阑人静时分，
我将把心灵的祈祷向你献上，
这是爱心、温顺与宁静的祈祷，
这是上天喜爱的少女的祈祷，
她是那么神圣，已经脱离尘世，
只为上帝而生。”
　　　　　　　　他不知如何是好，
暂且平静下来，约她明天再见，
接着便匆匆走向远处的房间。

第二章

一

一整天安哲鲁默默无言而忧愁地
独自坐着，一种思想，一种愿望
萦绕在他的心；一整夜没有合过
疲倦的眼睛。“这是怎么啦？”他想，
“我竟如此渴望再听听她的声音，
渴望着领略她那处女的美色，
难道我爱她？我愁肠百结，一心
想念她……是不是魔鬼想要捕捉
圣徒，故意用这种神圣的钓饵
引诱他上钩？无耻女人的妖媚
从来未使我受到罪恶的诱惑，
可纯洁的少女却使我如痴如醉。
我一直把落入情网的人视为可笑，
对他们的痴狂只觉得莫名其妙，
可如今！……”

二

　　　　　　　他想祈祷，好好想一想，
可心里是乱麻一团，思绪纷繁，
他对上天说着话，可心思和幻想
却直奔她身边。他心里感到忧烦，
嘴巴里徒然念着上帝的名字，
心中却翻腾着欲念。内心的激荡
使他坐立不安。对于他，治理国事
本是驾轻就熟，记牢的一本账，
却使他难堪。他厌烦；他想丢弃
显要的官职，像丢弃一具枷锁；
他如此引为骄傲的英明与威严，
曾为民众盲目地崇拜和惊愕，
他如今却把它看得一文不值，
就好比一根随风飘荡的羽毛……
…………
第二天早晨伊莎贝拉来见安哲鲁，
和摄政谈的话完全出人意料。

三

安哲鲁

你有什么话说？

伊莎贝拉

我来听候你的裁决。

安哲鲁

啊，我希望你自己能够了解，
令弟不能活……他也许可以。

伊莎贝拉

为什么
你不能宽恕他？

安哲鲁

宽恕？世上还有些
什么罪更可恶？这比谋杀还严重。

伊莎贝拉

不错，
可人间何尝惩罚，只上天这样判决。

安哲鲁

你这样想？假设有这么一回事：
如果要让你自己来作出决定——

把你的弟弟送上断头台斩首，
或者让你的肉体去犯罪，牺牲
自己，把他赎回？

伊莎贝拉

　　　　　　　　我宁可牺牲肉体，
却不能玷污灵魂。

安哲鲁

　　　　　　　　现在我和你
不是谈灵魂……眼下是这么一回事：
令弟已判了死刑；为了救令弟
而犯罪，不也是仁慈？

伊莎贝拉

　　　　　　　　　　我用灵魂
向上帝保证，这根本不是犯罪，
请相信。请你救救我的弟弟吧！
这是仁慈，不是犯罪。

安哲鲁

　　　　　　　　　　你想救他吗，
假如在天平上仁慈等于犯罪？

伊莎贝拉

啊，让拯救弟弟成为我的罪恶吧！
(如果这也是犯罪。）为了这件事
我要日夜祈祷。

安哲鲁

不，请你听我说，
也许你根本没有听懂我的话，
也许你听懂了，却要故意回避，
我明白告诉你：令弟已经判决。

伊莎贝拉

是这样。

安哲鲁

法律已断然宣布他该死。

伊莎贝拉

确实是这样。

安哲鲁

要救他有一个办法。
(我说的这些不过是一个假定，
只是一个问题，没有别的意思。)
假定说：那个唯一可以救他的人
（法官的亲信，或他的官职有权
解释法律，减轻它可怕的含义），
心中对你燃起了罪恶的欲望，
要求你以自己的堕落去为令弟
赎回死罪；否则就依法严惩。
你该怎么办？你心中将如何决定？

伊莎贝拉

为了弟弟，为了我自己，我宁可
浑身带着红宝石一般的鞭痕
像上床安睡，躺进血淋淋的棺木，
而绝不沾污自己。

安哲鲁

令弟必死。

伊莎贝拉

求救无门？

他终会选择一条最好的道路。
他不能用姐姐的耻辱拯救灵魂。
弟弟宁愿死，也不愿我永世沉沦。

安哲鲁

那你为什么认为法庭的判决
惨无人道？你曾经责备过我们
残忍无情。这难道是很久前的事？
刚才你还把公正的法律称为暴君，
几乎把令弟的罪恶看成游戏。

伊莎贝拉

请原谅，原谅我。我是不由自主地
发出违心之论。唉！我自相矛盾，
为了拯救亲爱的弟弟，我这才
故意装作原谅那可恨的过失。
我们软弱。

安哲鲁

你的承认使我振奋。
我也深信，女人天生是软弱的，
因此我要对你说：做个女人吧，
别奢求，否则你将会一事无成。

向命运屈服吧。

伊莎贝拉

我不明白你的话。

安哲鲁

老实说，我爱你。

伊莎贝拉

唉！我该说些什么？
弟弟爱朱丽叶，这不幸的人却该死。

安哲鲁

你爱我，他就能活。

伊莎贝拉

我知道，你有权
考验别人，你想要……

安哲鲁

不，我向你发誓。
我现在决不会否认说过的话；

我以名誉担保。

伊莎贝拉

啊，好崇高的名誉！
你干的好事！……骗子！惑众的妖魔！
快给我签署赦免克劳狄奥的手谕，
要不然，你的行为和肮脏灵魂
我将到处宣扬——你别再当着众人
扮演正人君子。

安哲鲁

谁会相信你呢？
全世界都知道我为政清明严正；
公众的舆论、我的官衔和一生，
还有对令弟判决死刑这件事
都会使你的话成为疯狂的诽谤。
现在我决心要放纵我的情欲。
想一想，还是顺从我的心意吧；
别再做那些蠢事：眼泪和说情，
羞答答的红晕，都救不了令弟的
死亡和痛苦。只有屈从才能救
令弟摆脱那致命的断头台的严刑。
我将要等待你的答复到明天。
坦率告诉你，我不怕你的告密。

随你怎么说都不会动摇我的地位。
我的谎言能够推翻你的真理。

四

说完他扬长而去，纯真的少女
充满了恐惧。她对着上苍抬起
恳求的明亮眸子，举起纯洁的手，
从卑污的宫殿她匆匆赶去监狱。
牢门向她打开了。她一眼看见了
弟弟。

五

他戴着锁链，满怀着忧伤，
竭力不再依恋人世间的欢乐，
他准备赴死，却怀着生的希望，
他默默坐着，一个教士在和他谈话，
那教士因年老拱着背，戴着黑帽，
披着宽大的斗篷，手掌十字架。
老头儿竭力向年轻的受难者证明，
死和生本来都是同样一回事，
在人世，在阴间，灵魂都同样不朽，
这个世界本来就一分钱不值。
可怜的克劳狄奥悲伤地称是，
心里却在惦记可爱的朱丽叶。

这时出家女走进来：“愿你们平安！”
他一惊，望着姐姐，心头充满了喜悦。
“我的神父，”伊莎贝拉对教士说，
“我想在这里和弟弟单独谈谈。”
教士便离开了他们。

六

克劳狄奥

亲爱的姐姐，
有什么消息？

伊莎贝拉

好弟弟，该你去受难。

克劳狄奥

这么说，没救了？

伊莎贝拉

没救了，除非愿意
拿灵魂去换取头颅？

克劳狄奥

有办法，这么说？

伊莎贝拉

是的，你能活，法官愿从轻发落。
他有一颗魔鬼的慈悲心：他愿
让你活，却要你背永世痛苦的枷锁。

克劳狄奥

什么？终生监禁？

伊莎贝拉

监禁，但没有围墙，
没有锁链。

克劳狄奥

告诉我，什么意思？

伊莎贝拉

亲弟弟，
好朋友！我担心……你听我说，亲弟弟，

你是否认为多活七八年要比
永久的荣誉更宝贵？弟弟，你怕死吗？
死有什么感觉？一刹那。很痛苦？
蛆虫被捻死的时候和巨人被处死
是一样的感觉。

克劳狄奥

姐姐，我难道是懦夫？
难道我没有勇气去从容赴死？
相信吧，离开这世界时我不会颤栗，
如果必须死；我投入黑暗的坟墓
像投入爱人的怀抱。

伊莎贝拉

这才像我弟弟！
父亲在地下有知，也会这样说：
你应该去死；要死得堂堂正正。
你听我说，我把一切都告诉你：
那威严的法官，那个残酷的伪君子，
他严厉的目光能叫人不寒而栗，
他谨慎的措词能把少年送上刑场，
他自己就是个恶魔，心黑得像地狱，
充满了污秽。

克劳狄奥

是摄政?

伊莎贝拉

地狱让他
穿上自己的盔甲。真是个狡猾的人!……
告诉你:假如我愿意满足他那
无耻的欲望,你就能得到活命。

克劳狄奥

噢不,决不能。

伊莎贝拉

他说今晚我应当
按时去赴他那个肮脏的约会,
不然,你明天就得死。

克劳狄奥

姐姐,不能去。

伊莎贝拉

亲弟弟！上帝作证，假如我的生命
能够拯救你，使你免受这死刑，
我决不会吝惜我的生命，超过
吝惜一枚针。

克劳狄奥

谢谢你，亲爱的朋友！

伊莎贝拉

那么明天，克劳狄奥，你得去受刑。

克劳狄奥

是的……他心中的情欲竟这样强烈！
也许这不是罪恶；在七大罪中
这罪也许最小？

伊莎贝拉

怎么？

克劳狄奥

　　　　　　　这种罪孽
在那里大概不惩罚。为一时的快活
难道他甘愿毁掉自己的一生？
不，我不能相信，他是个聪明人。
伊莎贝拉！

伊莎贝拉

什么？你说什么？

克劳狄奥

死太可怕！

伊莎贝拉

耻辱也可怕。

克劳狄奥

是的——但毕竟……要死，
到未知的地方去，那里寒冷褊狭，
在棺材里腐烂……哦！人间多美好，

生活多可爱。可那里，孤寂而黑暗，
一下子落进沸腾的油锅当中，
或在冰雪里冻僵，或随风飘荡，
刮到那无边无际的荒漠里边……
整日价在绝望的幻想中做着噩梦……
不不：人世的生活，即使是病伤、
贫困、悲哀、衰老，或者是不自由……
比起坟墓里的一切，不啻是天堂。

伊莎贝拉

啊，上帝！

克劳狄奥

　　　　　我的朋友，姐姐，让我活！
如果说拯救弟弟是一种罪恶，
上天也会饶恕。

伊莎贝拉

　　　　　　　你竟敢这样说？
懦夫！没良心的畜生，想让姐姐堕落
来苟且偷生！……简直乱了伦常！不，
我不能想象，是我的父亲给予你

生命和阳光。上帝啊，请你饶恕！
不，如果母亲怀了你，那她就是
玷污了父亲的床榻。去死吧。即使
只要我愿意就能够使你得救，
现在也得让你上刑场去赴死。
我要一千次为你的死去祈求上帝，
决不为你的生而祈祷……

克劳狄奥

姐姐，等一等！
姐姐，原谅我！

七

于是年轻的犯人
抓住她的衣裙，拉住她。伊莎贝拉
好容易压下自己心头的激愤，
她原谅了可怜的弟弟，于是她又
抚爱他，亲切安慰这个受难的人。

第三章

一

这时那教士正站在打开的门背后，
听见了姐弟俩单独交谈的一切。
现在我该向你们说明，老教士
不是别人，而是乔装打扮的公爵。
那时民众都以为他远在他乡，
把他戏称为行踪不定的彗星，
他藏身于民众当中观察一切，
时不时微服私访，却无人知情，
他出没于宫廷、广场、诊所、修道院，
还有众多的青楼、剧场和牢监。
公爵具有异常丰富的想象力，
他喜欢看长篇故事，也许他很想
把哈伦·阿里·赖世德哈里发①模仿。

① 哈伦·阿里·赖世德（763/766—809），阿拔斯王朝的第五代哈里发。《一千零一夜》中对哈伦有相当真实的描述，据说他常在夜间微服巡游巴格达。

他偷听了年轻出家女的一番叙述，
深受感动的心立即打定主意，
不仅要惩罚这种残暴和侮辱，
还得把事情办好……他轻轻走进门，
叫出少女，并把她领到角落里。
他说："我都听到了，你值得称赞，
你履行了天职，做得很高尚，但眼下
你要听从我的劝告。请你放心，
一切都会顺利；相信我，要听话。"
于是他向她说明了自己的打算，
又对她赠予临别时的良好祝愿。

二

朋友！你们可相信，这阴沉的前额——
一颗狠毒灵魂的阴暗的镜子，
竟会使一个女子长久地依恋，
竟然能赢得多情美女的欢喜？
奇怪吗？但这是事实。有一颗心
温柔、哀愁而温顺，它饱受折磨，
被负心人抛弃，却爱傲慢的安哲鲁，
爱这有罪的人，爱这凶恶的家伙。
他早就有了妻室。但流言蜚语
像轻快的飞鸟追逐着年轻的夫人，
无端指摘她，对她百般地嘲笑；
于是他把她赶走，傲慢地宣称：

“即使流传的指摘并不是事实，
这也无所谓。君主的夫人不能够
和怀疑沾边。”从此她一人孤零零
居住在城外，饱尝苦闷与哀愁。
这时公爵想起她，于是那少女
依照教士的指点到她那里去。

三

玛利安娜孤零零坐在窗下纺纱，
轻声地哭泣。伊莎贝拉像个天使
突然来到门口，出现在她面前。
出家女和她已是多年的相知，
常常来这里安慰这个不幸的人。
她立即对她说明教士的意思。
等到夜幕开始降临，玛利安娜
就应该动身到安哲鲁的宫殿里去，
在花园的砖墙底下和他相见，
在那里给予他预先约好的奖励，
在告别的时候只要轻轻对他
说一声：“可别忘记了我的弟弟。”
可怜的玛利安娜含泪笑开了颜，
她颤栗着去准备——于是少女告辞。

四

公爵通宵在监狱里等候结果，

和克劳狄奥在一起，安慰着他。
拂晓前伊莎贝拉又回到他们身边。
一切按计划进行：可怜的玛利安娜
正坐在她身旁，她刚刚瞒过了丈夫，
已经顺利地回来。这时朝霞满天——
突然信使送来了密封的命令，
叫狱吏去执行。大家拆开一看：
怎么？摄政命令立即处死犯人，
并且把首级送往宫中去检证。

五

　公爵立即想出了另一个主意，
他给狱吏看了他的戒指和玉玺，
制止了行刑，而给安哲鲁送去
另一颗首级，他吩咐刮光并割取
一个身材魁梧的海盗的头颅——
当夜他正好在牢里患热病痍死，
[illegible]
如许卑鄙勾当的凶恶的权贵
当众揭露。

六

　　　　　当处死克劳狄奥的传闻
刚刚若有若无地在到处传播，

却传来另一个消息。大家都知道
公爵正在回城。百姓成群结伙
去迎接他。而安哲鲁忐忑不安，
受良心的折磨，预感到大事不妙，
也赶去迎接。善良的公爵笑盈盈
向挤在周围的百姓点头问候，
并向安哲鲁伸出手以表示友好。
突然响起一声叫喊——一个少女
扑倒在公爵脚下。“冤枉啊，殿下！
你是无辜者的盾牌，仁慈的圣坛，
冤枉啊！……”安哲鲁浑身发抖脸发白，
把凶残的目光投向伊莎贝拉……
但他镇静下来，迅速恢复常态，
他说：“她看见弟弟被问罪处决，
发了疯。失去弟弟的巨大悲痛
摧垮了她的理智……”

　　　　　　　　　　但这时公爵
爆发出久已藏在心中的愤怒，
他说：“我全知道，全知道！终于
人间的暴行要得到应有的报应，
姑娘，安哲鲁！随我来，都到宫里去！”

七

宫中的宝座旁站着玛利安娜
和可怜的克劳狄奥。那恶人安哲鲁

看见他们，便浑身颤栗，默默低下头；
一切都大白于天下，水落石出；
于是公爵说："安哲鲁，你自己说说，
你该当何罪？"不流泪，毫不畏惧，
安哲鲁阴郁而果决地回答："臣该死。
我只求一点：请你快一点降旨，
带我去斩首。"

"去吧，"公爵接着说，
"让市侩和残害妇女的法官去死吧。"
但可怜的玛利安娜扑倒在他脚下，
她说："请开恩，你既给了我丈夫，
就别夺去他，请别拿我来戏耍。"
"戏耍你的不是我，而是安哲鲁，"
公爵回答她，"但是关于你的命运，
我将亲自关心。他所有的财宝
都将属于你，我将赐给你一个
更好的夫君。""我不要更好的夫君。
请开恩，殿下！请你倾听我的恳求，
是你亲手把我和他结合在一起！
难道我是为这结局而活守了这些年？
他到底为人类只做了有益的事。
姐姐！救救我！好朋友，伊莎贝拉！
请为他恳求，你只要在一旁跪下，
举起手，不用说一句话！"

伊莎贝拉
像一位天使，心中怜悯这罪人，

于是在君主的面前双膝跪下，
她说：“请格外开恩，殿下，为了我，
别问他的罪。他在看见我之前
(凭我的了解，并根据我的想法)
一直是严守清规，为官清正，
请你务必饶恕他！”

于是公爵饶了他。

铜骑士

彼得堡故事

1833

前　言

这篇故事所描写的事件是以事实为根据的。洪水泛滥的详情引自当时的报刊。有兴趣的读者可参阅 *B.H. 别尔赫*[①]撰写的报道。

① B.H. 别尔赫（1781—1834），俄国历史学家、地理学家，著有《圣彼得堡历次水灾纪实》（圣彼得堡，1826）。

序　诗

眼前波涛汹涌，浩淼无边，
他站在岸上，满怀伟大的思想，
两眼向远方凝视。他的面前
一条大河在奔流，一叶扁舟
形只影单，急驰在波涛上。
在苔藓丛生的泥泞河岸，
发黑的茅屋疏落可见，
贫苦的芬兰人在那里栖身；
太阳躲进了迷蒙的雾中，
森林承受不到太阳的光焰，
在四周哗哗喧闹。

于是他想：
我们要从这里震慑瑞典。
这里要兴建起一座城市，
叫那傲慢的邻人难堪，
上天注定，让我们在这里
打开一个瞭望欧洲的窗口，[1]

我们要在海边站稳脚跟。
各国的旗帜将来这里聚首，
沿着新辟的航路，我们
将在这广阔天地欢宴朋友。

　一百年过去了，这年轻的城市——
我们北国的花园和奇迹，
将从幽暗的森林和沼泽中
骄傲地崛起，璀璨而瑰丽。
从前，大自然悲惨的弃儿，
那些贫苦的芬兰渔民，
孤孤单单，在这低洼的岸边，
把一张张破旧的渔网撒进
莫测深浅的海中，可今天
在这生气勃勃的海岸上面，
雄伟壮丽的宫殿和塔楼
已是鳞次栉比，各国商船
从世界各地成群结队
驶向这物产丰富的港湾。
涅瓦河披上大理石的盛装，
一座座桥梁飞越河面，
它那大大小小的岛屿之上
缀满了浓荫蔽日的花园，
面对着这座新兴的都城，
古老的莫斯科已黯然失色，
犹如寡居的太后站立在

刚刚登基的女皇一侧。

我爱你啊，彼得兴建的城，
我爱你端庄整齐的容颜、
涅瓦河浩浩荡荡的激流、
它那大理石砌成的两岸，
我爱你围墙上铁铸的花纹、
你那深沉静寂的夜晚、
无月的光亮、透明的薄暗，
那时候，我无须点灯便可以
读书写作在我的书房，
而空旷的大街上进入梦乡的
高大楼房是多么清晰，
海军部的塔尖又多么明亮。
在那金光闪耀的天穹，
漆黑的夜幕并不降落，
曙光匆匆接替着晚霞，
只半个时辰让给幽暗的夜色。[2]
我爱你那严酷的冬天里
凝然不动的空气和严寒，
宽广的涅瓦河上飞驰的雪橇，
比玫瑰艳丽的少女的脸蛋，
舞会上的豪华、喧闹和细语，
还有单身汉热闹的欢宴，
那冒泡的酒杯嗞嗞的响声

和潘趣酒[1]烧起的蓝色火焰。
我爱你玛斯校场[2]上那种
威武雄壮生气勃勃的场面，
步兵和骑兵排列成行
给予人们的整齐的美感，
他们节奏匀整的行列中
那些胜利的破碎的战旗，
战斗中被打得百孔千疮的
铜盔闪耀的炫目的光辉。
我爱你啊，军事要地的都城，
我爱你要塞上的硝烟和炮声，
为了庆祝北国的皇后
生下太子，在沙皇的宫廷，
或者是因为俄罗斯打败了
敌人，又一次庆祝胜利，
或者是因为涅瓦河解冻，
把蓝色的冰块冲向海洋，
感觉到春意而欢天喜地。

展现出你全部的美吧，彼得的城！
像俄罗斯一样，巍然屹立，
那被你战胜的大自然终究要
在你面前平息它的怒气；

---

① 用沸糖酒加糖水和果子露等制的混合饮料。
② 玛斯是希腊神话中的战神。玛斯校场本来指古罗马练兵场，这里指一般练兵场。

让芬兰的波涛永远遗忘
它那古代的屈辱和敌意，
再不要激起枉然的愤恨，
惊扰彼得永恒的安息！

　但是有过一个可怕的时刻，
说起它，我们还记忆犹新，
我的朋友们，现在我就来
给你们讲讲这段往事。
我的故事说来令人伤心。

第一章

彼得格勒阴沉的天空
刮着十一月的寒冷秋风。
涅瓦河掀起哗哗的巨浪，
向着它整齐的河岸猛冲，
它像一个辗转不安的病人，
在自己的床上不断翻腾。
时候已不早，夜色昏暗，
雨点猛烈地敲打着门窗，
夜风阵阵，吼叫得好凄凉。
这时候，年轻的叶甫盖尼
刚刚做完客回到自己的家……
我们要用这个名字称呼
故事里的主人公，因为它
听来悦耳，而且我的笔
早就和它把因缘结下。
我们不需披露他的姓氏，
虽然在从前的某个时刻
它也许曾经非常显赫，

在史家卡拉姆辛的笔下，
于故乡的传说中闻名遐迩；
可是如今无论是上流社会
还是街谈巷议都把它忘记。
我们的主人公住在科隆纳，
在某处当差，远远躲开显贵，
既不怀念长眠的祖先，
也不回想淡忘的往昔。

总之，叶甫盖尼回到家里，
丢下外套，脱下衣裳，上了床，
可是他久久不能入睡，
脑子里翻腾着多少思想。
他到底在想些什么？他想到，
他家境贫寒，要受人尊敬，
取得一个独立的地位，
他就得含辛茹苦去经营；
他想到，也许上帝会赐给他
更多的智慧和钱财。因为
有多少游手好闲的幸运儿，
生来愚蠢透顶的懒汉，
日子却过得快活而顺遂！
他想到，他当差只有两年。
他还想，窗外的暴风骤雨
至今还不停息，而河水
却一个劲儿往上涨，几乎把

涅瓦河上的桥梁全都冲毁；
他还想到要有两三天
不能和他的芭拉莎见面。
于是叶甫盖尼惆怅地叹了口气，
像诗人那样浮想联翩：

“要结婚吗？我？为什么不？
这件事自然很不容易，
可是怕什么，我年轻力壮，
我可以干活，昼夜不息；
只要凑合着给自己安排
一个简陋而普通的住处，
就可以让芭拉莎在那里居住。
再过一年两年，也许我会
混到一官半职，到那时
就把家务交给芭拉莎，
还让她管教我们的孩子……
我们就这样休戚与共，
风雨同舟而白头偕老，
让成群的儿孙给我们送终……”

他胡思乱想着。这天夜里，
他确实郁郁寡欢，他希望
风儿不要吼叫得这样凄厉，
暴雨也不要这样疯狂
敲打着门窗……

他终于
合上了困倦的双眼。这时候
风雨飘摇中，黑暗已逐渐隐退，
惨淡的白日也终于到来……[3]
可怕的一天！
涅瓦河整夜
迎着暴风雨向大海奔去，
它抵御不了那狂暴的淫威，
要和它抗争已没有力气……
一清早人们涌向涅瓦河边，
河岸上人群拥挤，万头攒动，
欣赏着狂怒的河水激起的
水花，高山一般的浪峰。
但是，从海湾那边刮来
猛烈的风，堵住了奔腾的涅瓦河，
它翻腾激荡，汹涌咆哮，
倒灌着，把沿河的岛屿淹没。
这时，天气变得更加凶险，
涅瓦河狂吼着，河水猛涨，
像开了锅的水，翻滚回旋。
突然，它像发狂的野兽
向城市扑去。在它面前，
一切都迅速逃亡，周围
顿时成了白茫茫的一片——
洪水灌进了所有的地窖，
运河的水也漫过了铁栏杆，

彼得堡漂浮着，像特里同[①]一样，
齐腰浸没在大水里面。

围困！冲锋！凶恶的巨浪
涌进门窗，如盗匪一般，
舢板的船尾撞破了玻璃，
小贩盖着湿布的托盘、
茅屋的碎片、圆木、屋顶、
穷人屋里的家什破烂、
商人囤积居奇的货物、
被暴风雨摧毁的桥墩木板、
从坟冢里被大水冲出的棺材，
一切都漂浮在街上！
　　　　　　　　　人们
看到上帝的愤怒，等待着死亡，
唉！一切都完了，房屋和食品！
到哪儿去要？
　　　　　　在那严重的灾年，
已故的沙皇[②]还在煊赫地统治
他的俄国。他走上阳台，
神情是那么慌乱、郁悒，
他说："自然界归上帝统治，

① 希腊神话中的海神，下半身像鱼。
② 指亚历山大一世。一八二五年去世。

帝王们实在是无能为力。”
他坐下，抬起悲伤的眼睛，
心事重重，望着汹涌的洪水。
不久前的广场成了一片汪洋，
条条大街成了宽阔的江河，
滔滔地向它流去，而皇宫
成了一个凄凉的岛国。
沙皇说话了——他的将军们[4]
便四处出动，从东到西，
跑遍了远近的大街小巷，
在惊涛骇浪中出没寻觅，
去搭救那些惊呆的百姓，
即将在家中灭顶的黎民。

那时候，在彼得广场的一角
耸立着一座刚落成的大厦，
在那高高的台阶上面，
有一对石狮子张牙舞爪，
栩栩如生在那里守门，
叶甫盖尼骑着这头巨兽，
一动不动，脸上没有血色，
光着头，胸前抄着双手。
这可怜的人并不是为自己
担心害怕，他没有听到
那凶险的波涛高高地掀起，
正在冲击着他的双脚，

暴雨抽打着他的面颊，
狂风在耳边猛烈地呼号，
把他的帽子从头上吹掉。
他那濒于绝望的目光
死死地盯住远处的海边，
那里，山峰一般的巨浪
仿佛从沸腾汹涌的深渊
翻越上来，在那里逞凶。
暴风雨在咆哮，房屋的碎片
在那里漂荡……天啊，天啊！
那边——唉，在海浪的旁边，
几乎就在海湾的近旁——
有一溜没有粉刷的围墙，
一棵垂柳和一座破旧的小屋，
那里住着母女俩，他的偶像，
他的芭拉莎……这是不是
在做梦？或者我们的人生
本来就像梦一般空幻，
是上天对于土地的嘲弄？

　他仿佛中了什么魔法，
仿佛被钉在狮子上面，
不能够下来！在他周围，
除了洪水，别的都看不见！
而在汹涌澎湃的涅瓦河上，
在那凝然不动的高空，

矗立着一尊骑马的铜像，
他正背对着叶甫盖尼，
伸出一只手，指向远方。

第二章

可现在，涅瓦河干尽坏事，
由于肆无忌惮的暴行，
它已精疲力竭，洪水退去了，
它欣赏着自己造成的灾害，
把虏获的财物随处乱扔。
这就像一个万恶的匪徒，
带着一伙残暴的强盗，
突然侵入村庄，恣意作恶，
打家劫舍。接着是呼号、愤恨、
行凶、谩骂，闹得鸡飞狗跳！……
由于抢劫而不胜劳顿，
这伙强盗已疲累不堪，
又害怕追兵，因而仓皇逃遁，
把虏获的财物一路丢散。

洪水退去了，通衢大道
出现在眼前，我的叶甫盖尼
怀着希望、恐惧和忧愁，

心儿几乎停止了跳动，
急忙向平静中的河流奔去。
波浪依然在愤怒地翻腾，
像在庆祝不久前的胜利；
犹如底下燃烧着烈火，
浪花纷纷从波涛上翻起；
像一匹从战场上驰回的战马，
涅瓦河在艰难地呼吸、喘气。
叶甫盖尼举目远望，发现一条船，
他喜出望外，向小船奔去，
远远地向摆渡的船夫召唤，
那摆渡的船夫正闲着没事，
情愿把他送过惊涛骇浪，
只要他付出十个戈比。

　那个熟练的船夫久久地
在汹涌激荡的浪涛中拼搏，
小船时时刻刻都准备
和两个大胆的乘客一起
在深深的浪谷之中隐没，
它终于靠了岸。
　　　　　　这不幸的人儿
沿着一条熟悉的街巷
向他熟悉的地方跑去，一看，
全不认得了。多凄凉的景象！
在他面前是一堆废墟。

这个被扔下，那个被冲垮，
小房子一座座东倒西歪，
有一些已经完全倒塌，
还有一些被波浪冲走，
这里像战场，经历过厮杀，
到处横陈着尸体。叶甫盖尼
几乎痛苦得瘫倒在地，
他把一切都置诸脑后，
拼命向一个地方跑去，
那里未知的命运正等着他，
犹如一封信等着他开启。
你看，他已经来到城外，
这儿是海湾，快到了，那小屋，
这是怎么回事？……

他站定。

后退了几步，又走回原处。
他看了看，走几步，再看一看。
这儿本来是她们的小屋，
这是那柳树，大门在这里——
显然冲掉了。可那屋子在何处？
心里又是焦急又忧虑，
他在那地方转个不停，
高声地自言自语，突然
举起手，拍拍自己的脑门，
哈哈大笑起来。

漆黑的夜幕

降临在这惶惶不安的城市，
但居民们久久没有入睡，
大家都在谈论白天里
发生的灾情。
　　　　　　一线曙光
从困顿而苍白的云朵之间
露出，投射在岑寂的都城，
已找不到昨天那场灾难
留下的痕迹；
　　　　　　皇上的大红袍
已经遮没了灾难的恶果。
一切又恢复了往日的秩序。
人们又带着常有的冷漠
在畅通无阻的街道上行走。
那些大大小小的官员
离开了夜晚休息的寓所，
到机关去上班。勇敢的商贩
丝毫不气馁，又打开了
被涅瓦河洗劫一空的地窖，
准备把自己失去的血本
转嫁于主内兄弟①的腰包。
小船拖了出去。
　　　　　　　　赫沃斯托夫②伯爵，

---

① 基督教教友之间称“主内兄弟（姐妹）”。
② 普希金同时代的诗人。此处含讽刺意。

这位上天宠爱的诗人，
写下了许多不朽的诗篇，
来歌唱涅瓦河两岸的厄运。

　但我那可怜的可怜的叶甫盖尼……
唉！他那六神无主的头脑
如何经得起这强烈的震荡。
狂风山崩地裂般地吼叫，
涅瓦河狂暴的涛声还在
他耳边震响。他踯躅街头，
默默地想着可怕的心事。
这噩梦使他刀割般难受。
转眼一礼拜一个月过去了，
他从未回过自己的家门，
因为已经超过了期限，
房东把他那空下的住处
租给了一个贫寒的诗人。
叶甫盖尼没有回家去取
他的衣物。不多久人世间
便把他遗忘。他整天流浪，
在码头宿夜，吃的是人家
从窗口施舍的残羹剩饭。
他身上穿着的破旧衣裳
已成了褴褛碎片。一群群顽童
从背后向他乱扔石头。
常有这样的情况，马车夫

挥起他们的鞭子急匆匆
抽在他身上，因为他从来就
没辨认过路径，他看来似乎是
心不在焉，内心的慌乱
使他整个儿惘然若失。
他就这样苦度悲惨的
岁月，过着非人非兽的日子，
既不像生在世上的活人，
也不像阴间的幽灵……
　　　　　　　　　　有一次
他睡在涅瓦河边的码头上，
时令已逐渐转入秋季，
开始了凄风苦雨的日子。
幽暗的浪涛拍打着码头，
冲击着光滑的台阶，如诉如泣，
就像一个告状的人被法官
拒于门外，徒然感到伤悲。
可怜人惊醒了。天色阴沉：
雨淅沥沥地下着，风在悲鸣，
远处在那幽暗的夜色里，
哨兵正向他发出口令……
叶甫盖尼坐起来，可怕的往事
仍历历在目，他记忆犹新；
他站起来，又继续流浪，
突然，他站住了——用他的眼睛
慢慢地扫过周围的景物，

脸上显出深为吃惊的神情。
他又来到了那大厦的门前，
身旁是高高的廊柱，台阶上
有一对充当守卫的石狮，
张牙舞爪，像活的一样，
而在那夜色朦胧的高空中，
屹立在围起的岩石之上，
一个偶像正骑着铜马，
伸出一只手，指向远方。

叶甫盖尼打了个寒噤。他脑中
有些疑问豁然开朗。他认出
这里就是洪水泛滥的地方，
凶猛的浪涛曾暴发出狂怒，
汹涌着，在他周围咆哮，
他认出那石狮、广场和铜像，
就是他，在黑暗中巍然屹立，
昂起铜塑的头凝视着远方，
就是他，按照他坚定的意志，
把都城建造在这海岸之上……
在这黑夜里，他多么威严！
他脑中正翻腾着哪些思想！
他身上蕴藏着多伟大的力量！
那骏马的胸中正猛燃着烈焰！
高傲的骏马，你奔向哪里？
你的铁蹄将落在何方？

啊，强大的命运的主宰！
不就是你拉起铁的马缰，
把俄罗斯带到大海之滨，
让它直立在悬崖之上？[5]

那失去理智的可怜人绕着
偶像的底座走了一圈，
把他疯狂的视线投向
那半个世界的君主的容颜。
他觉得胸口发闷，于是
把额头靠在冰凉的栏杆上，
他眼前像蒙上一片云雾，
烈焰燃烧在他的心房，
血在沸腾。他变得阴沉可怕，
在这高傲的铜像面前，
他咬牙切齿，握紧拳头，
像鬼魂附上身体一般，
他气得发抖，低声咒骂着：
“好哇，你这个奇迹的创造者！
等着瞧吧！……”突然，他拔脚
飞快地逃跑，他仿佛觉得
他面前这位威严的沙皇
刹那间爆发出可怕的怒气，
正转过脸来对他怒喝……
他顺着空无一人的广场
奔逃着，听见他的背后

仿佛响起了滚滚的雷声——
在隆隆震响的通衢大道上，
奔马的蹄声有如雷吼。
啊，那铜骑士正在追赶他，
浑身沐浴着溶溶的月光，
把手伸向辽远的高处，
快马的蹄声洪钟般鸣响；
整个夜间，这可怜的疯子
无论他走到什么地方，
总会听到那个铜骑士
在背后追赶，蹄声是那么响亮。

　从那个时候起，每逢他由于
偶然的机会走过广场，
他的脸上总要表现出
惊慌的神色。他总是急忙
举起手来紧贴自己的胸口，
仿佛要抚平自己的创伤，
并且摘下破旧的便帽，
不敢抬起惶乱的双眼，
悄悄地从边上溜掉。
　　　　　　　　　　在海边
有一个小岛。迟归的渔夫
有时候带着他的渔网
把小小的渔船在这里停靠，
就地做起简便的晚餐，

或者有一个官员礼拜天
驾舟在海边游荡，顺便
来看看这荒凉的小岛。那里
寸草不生。一座破旧的小屋
被洪水冲到这里，搁浅
在岸边，像一丛发黑的灌木。
去年春天有一艘大船
来把它搬走，它已破烂不堪，
空无一物。人们在门口
发现了我那发疯的青年；
他们看在上帝的面上，
把这僵冷的遗体就地埋葬。

注　释

1　阿尔加洛蒂[①]曾经说过："彼得堡是俄国瞭望欧洲的窗口。"(原文为法文。——译者)

2　见维亚泽姆斯基给伯爵夫人З***的诗。[②]

3　密茨凯维支[③]曾在他最优秀的一首诗——*Oleszkiewicz*中，用很优美的诗句描写过彼得堡水灾前的一天，可惜他的描写不很准确。当时未下雪，涅瓦河没有结冰。我们的描写比较确切，虽然不如这位波兰诗人的诗句那样鲜明华丽。

4　米洛拉多维奇伯爵和卞肯陀尔夫侍从武官长。

5　见密茨凯维支有关铜像的描写，诗人自己指出，这些描写系借用卢班的诗句。[④]

---

① 阿尔加洛蒂·弗朗切斯科（1712—1764），意大利作家，一七三九年访问俄国，著有《俄国书简》一书，上面一句话即引自此书。

② 维亚泽姆斯基在献给伯爵夫人З. М. 扎瓦多夫斯卡娅的诗《一八三二年四月七日的谈话》中曾描写过彼得堡的景色。

③ 密茨凯维奇（1798—1855），波兰诗人，革命家。主要作品有《先人祭》《塔杜施先生》等。

④ 密茨凯维奇在《彼得大帝纪念像》一诗中曾以诗人自己和普希金在铜像旁谈话的形式，描写过彼得大帝和他的事业，鞭挞了专制制度。В. Г. 卢班是俄国十八世纪三流诗人，曾写诗颂扬彼得的铜像。这里普希金提到密茨凯维奇的诗似乎借用了卢班的诗句，只是为了对付检查机关，实际上并无此事。

童 话

神父和长工巴尔达的故事

从前有一个神父，
是个愚蠢的废物。
有一天神父去赶集，
想去买一点东西。
迎面来了巴尔达，
自己也不知要去哪。
“神父，你起早为哪般？
有什么事要急着办？”
“我要个长工。”他回答，
“能烧饭、做木工和养马。
工钱不能要得高，
这样的人不知哪儿找？”
巴尔达说：“我来给你干，
一定勤快不偷懒，
年薪是额头上弹三下，
三顿饭小麦粥来打发。”
神父默默地思忖，
伸手搔了搔脑门。

弹额头有重有轻，
也只好听天由命。
神父对巴尔达说：“好嘞，
这样双方不吃亏。
快住到我家院里来，
显显麻利和勤快。”
巴尔达在神父家里住，
夜晚睡的是干草铺，
他吃饭一人顶四个，
干的是七个人的活；
天没亮活儿就干得欢，
套好马，耕好一垄田，
生好火，一切都备好，
烤好蛋，还把壳剥掉。
神父太太把他夸，
神父小姐可怜他，
少爷管他叫叔叔，
他烧粥，外加做保姆。
只神父不喜欢巴尔达，
从来不肯怜惜他，
他常想到付“年薪”，
眼看期限已逼近。
他不吃不喝睡不着，
脑袋已疼得受不了。
他找太太来商谈：
“如此这般怎么办？”

娘们脑子最机灵，
出点坏主意她最精。
太太说："我知道怎么办，
让我们避免这灾难：
叫他办一件难事儿，
还不能差一毫一丝。
让你的脑门不受罚，
还能免费打发他。"
神父心里高兴点，
看着巴尔达也大着胆。
于是他高喊："过来吧，
忠实的长工巴尔达。
魔鬼欠了我年租，
一直要交到我入十，
这收入再好也没有，
但已有三年未到手。
等你吃饱小麦粥，
就把年租去征收。"
巴尔达也不多争辩，
就去坐在大海边；
在那里他搓着绳子，
把一端放进大海里。
从海里钻出了老魔鬼：
"巴尔达，你干吗来这里？"
"我要搅起大海浪，
叫你们抽筋疼得慌。"

老魔鬼立即犯了愁：
“你干吗和我们作对头？”
“谁叫你们不交租，
到了期限装糊涂；
这下我们要乐一回，
让狗东西们活受罪。”
“好巴尔达，别搅动大海，
我们马上就交租来。
我立即叫孙子来见你。”
巴尔达想：“耍耍它，小意思！”
海里钻出个小鬼，
喵喵叫，像只饿猫咪：
“你好，巴尔达乡亲，
你要讨什么租金？
这事我们没听说，
魔鬼们没有这灾祸。
这样吧，我们先言明，
就算共同的决定——
免得日后叫失算：
咱俩绕大海跑一圈，
谁跑得快谁拿钱，
装钱的口袋在那边。”
巴尔达狡猾地笑了笑：
“你的办法想得好。
你想跟巴尔达来比赛，
比一比，看谁跑得快？

就派你这种小把戏?
且等等我的小弟弟。”
他往小树林走去,
捉两只兔子装袋里。
他又回到大海旁,
小鬼已在海岸上。
巴尔达吩咐一小兔:
“在我的琴声下跳个舞;
你这小鬼还太嫩,
跟我比赛嫌差劲;
这不过白浪费时间。
先跟我弟弟比一圈。
一二三!看谁先跑到。”
小鬼和兔子拔脚跑:
小鬼沿海岸狂奔,
兔子跑回了树林。
小鬼跑了一大圈,
伸出舌头抬起脸,
气喘吁吁跑回来,
浑身汗湿用爪子揩。
心想:赢巴尔达没问题。
一看:他抚摩着弟弟,
嘴里说:“亲爱的弟弟,
跑累了,真可怜!快休息。”
小鬼头大吃一惊,
垂下尾巴不吭声,

他斜眼看看那弟弟：
“等一等，我拿年租去。”
“真倒霉！”他回去对爷爷说，
“巴尔达的弟弟赢了我！”
老魔鬼又动起坏脑筋。
巴尔达也闹得更起劲，
他闹得大海直翻腾，
波浪汹涌像山峰。
小鬼出来说：“老乡，
够了，就把钱送上——
不过，这木棍可看到？
请随便选一个目标。
谁把木棍扔得远，
赢的就拿这袋钱。
怎么？有什么好等？
怕脱臼？”“我等那朵云；
我先把棍子扔上去，
再来和你比高低。”
小鬼吓得跑回家，
对爷爷说输给巴尔达，
巴尔达又在海边闹，
用绳子拼命在海里搅。
小鬼又出来：“忙什么？
年租会给你，如果……”
“不行，”巴尔达对他说，
“这回应该轮到我，

条件要由我来定，
叫你这对手来完成。
我要看，你力气有多大，
可看见那边的大灰马？
你把那灰马高高举，
举着它，走上半俄里，
举走马，年租你收下，
举不走，钱就归我拿。”
那小鬼可怜巴巴，
爬进灰马的肚皮下，
把全身肌肉都绷紧，
用足力气拼足劲，
举起马，走两步，真够累，
第三步就倒下，蹬直腿。
巴尔达对他说：“蠢东西，
怎能和我们比高低？
用手举，你还走不了，
瞧我用腿夹它跑。”
巴尔达跳上了马背，
跑得一路尘土飞。
小鬼吓得跑回家，
对爷爷说巴尔达赢了他。
没办法，魔鬼们凑了钱，
让巴尔达把钱袋扛上肩。
巴尔达走得哼嗬叫，
神父看见吓一跳，

躲到太太背后去，
吓得蜷曲起身子，
巴尔达立即找到他，
交了钱，要把“年薪”拿。
那神父没有了办法，
只好把脑门伸给他：
巴尔达使劲弹了弹，
神父蹦到天花板；
巴尔达弹了第二下，
神父变成了哑巴；
巴尔达再弹第三下，
老头变成大傻瓜。
巴尔达教训那老东西：
“以后再别贪便宜。”

母熊的故事[1]

① 本篇未完成。

在一个春天暖和的日子，
早晨鱼肚白刚出现在天空，
从茂密的树林里，从树林里
走出了一头母熊，还带着
几头年幼可爱的小熊，
随便走走、到处看看，显显身手。
母熊落座在一棵白桦树下，
小熊们就在那里戏耍，
他们在绿茵般的草地上打滚，
在那里打闹，翻着跟斗。
突然不知从哪里来了个庄稼汉，
手里拿着一把猎熊的长矛，
腰带上还插着一把猎刀，
一只大麻袋搭在肩膀上。
那头母熊刚刚看见
手拿猎熊矛的庄稼汉，
立即就大声吼叫起来，
她招呼那几个幼小的孩子，

呼叫着那几头傻乎乎的小熊。
别再玩耍，别再打滚了，
别再打闹，别再翻跟斗了。
说不定庄稼汉是来打我们的，
你们快停住，躲到我身边。
我决不把你们交给那汉子，
我要咬死那个……庄稼汉。

那几头小熊好不惊慌，
赶快奔到母熊的背后。
那头母熊发起了熊脾气，
用她的后腿高高地直立。
可那庄稼汉眼明手快，
立即就扑向那头母熊，
用猎熊矛使劲向她刺去，
不高不低刺中了肚皮。
母熊倒在潮湿的地上。
庄稼汉剖开了她的肚子，
剖开肚子，还剥下熊皮，
把年幼的小熊装进了麻袋，
装进了麻袋，就回家里去。

“内当家的，给你一样礼物，
这张熊皮值五十卢布。

我还要给你另一样礼物，
这三只小熊各值五卢布。”

———

不是流言传遍了全城，
是消息传遍了整座树林，
一个消息传到黑熊那里，
说庄稼汉打死了他的母熊，
剖开她那白色的肚子，
剖开肚子，还剥下熊皮，
把几只小熊装进了麻袋。
这时黑熊悲伤了起来。
他垂下头，悲惨地呼号，
为他的情人而痛哭嚎叫，
为黑皮毛的母熊而哀悼。
“哎呀，我亲爱的母熊，
你竟然就这样扔下我，
要把我这可怜的鳏夫、
苦命的鳏夫扔给谁去照顾？
我和你，我可爱的太太，
再不能一起快乐地游戏，
再不能生下可爱的孩子，
再不能摇摇我们的小熊，
再不能哄孩子们安睡。”
这时候许多野兽纷纷
来到了黑熊老爷那里，

走来一些庞大的野兽，
跑来一些小小的野兽，
又来了一头高贵的野狼，
他的牙齿会咬人，
他的眼睛露凶光。
还来了一个有钱的朋友，
他是头海狸，拖一条大尾巴。
飞来了燕子小姐，
跑来了松鼠夫人，
走来了文书太太小狐狸，
文书太太是会计的娇妻，
来了丑角小小的银鼠，
来了修道院长旱獭，
这旱獭住在谷仓的后面。
跑来了庄稼汉小兔子，
这兔子白白的，有点灰。
来了个地方官刺猬，
这刺猬老是蜷缩着身子，
这刺猬老是竖起刺。

萨尔坦皇帝，
他的儿子非凡而高强的勇士
格维顿·萨尔坦诺维奇公爵
和美丽的天鹅公主的故事

三个姑娘在窗下，
到了夜晚还纺纱。
一个姑娘先开口：
“如果我当上皇后，
我要让全世界的人，
都来我这里宴饮。”
她的妹妹也开口：
“如果我当上皇后，
我要织出许多布，
给天下的人做衣服。”
三妹接着也开口：
“如果我当上皇后，
就给皇帝老爷子，
生个无敌的勇士。”

她的话刚刚说出来，
门就呀一声打开，
皇帝走进了上房，

他是这一国的君王。
三姐妹说话的时候，
他就站在墙背后：
第三个姑娘的心愿，
皇帝心里最喜欢。
“你好，美丽的少女，
我选的皇后就是你，”
他说，“到了九月底，
就给我生一个勇士。
你们哪，亲爱的姐姐俩，
请你们离开这个家，
跟着我们进宫去，
跟我和妹妹到宫里：
一个织布把线纺，
一个在宫里当厨娘。”

　皇帝爷走到门廊里，
大家动身进宫去。
皇帝没有多准备：
当晚就行了婚礼。
萨尔坦坐在喜筵上，
年轻的皇后坐一旁；
后来在座的贵宾
欢欢喜喜把新人
送上新婚的牙床，
留下他们在洞房。

厨娘在厨房里生气，
织工在布机旁哭泣，
她们心里都妒忌
这位皇帝的妻子。
而年轻的皇后娘娘，
并没有耽误时光，
第一夜她就有了喜。

　那时候正好有战事。
皇帝告别了娘娘，
跨上骏马上战场，
对皇后，他再三叮咛，
若爱他，就得多保重。
正当他远在边关，
长期激烈地征战，
皇后很快到产期，
生了个儿子长两尺，
皇后抚育着幼婴，
像母鹰爱护着小鹰，
为了让孩子爹高兴，
她派人给皇帝送信。
可是那织工、厨娘俩
和丈母娘巴巴里哈
总想把皇后害死，
派人拦住了信使；
她们另外派个人，

送去了这样一封信：
“皇后夜里已分娩，
生的非女也非男，
不像青蛙和老鼠，
不知是个啥怪物。”

信使见到了皇帝，
皇帝听到这消息，
他气得昏头昏脑，
就想把信使上吊；
后来终于消了气，
给信使下了道圣旨：
“且等我胜利回京，
再依法作出决定。”

那信使带着圣旨，
很快回到京城里。
而那织工、厨娘俩
和丈母娘巴巴里哈
派人抢劫了信使，
还用酒把他灌醉，
然后在他的口袋里
塞进一道假圣旨——
那喝得烂醉的信使
当天就带回假圣旨：
“皇帝命令众贵族，

不得把时间延误，
速将皇后和怪胎，
暗地里投进大海。”
众贵族无可奈何，
只能为皇帝难过，
为年轻的娘娘发愁，
一起去寝宫见皇后，
把皇帝的旨意说明，
宣布了母子俩的厄运，
他们宣读了圣旨，
立刻把皇后和皇子
装进一只大木桶，
涂上油，推着它滚动，
然后扔进了海洋，
像皇帝命令的一样。

　蓝天上星星在闪亮，
蓝海上翻滚着波浪；
乌云在空中徜徉，
木桶在海上漂荡。
皇后像苦命的寡妇，
在桶里挣扎痛哭；
孩子在桶里成长，
一个钟头一个样。
皇后哭了一整天，
孩子却催促着波澜：

"你啊，波浪啊波浪！
你在自由地游荡；
你随心所欲地拍击，
冲击着海里的礁石，
你淹没岸上的土地，
你把船高高地托起——
别淹死我们两母子，
快送我们上陆地！"
海浪乖乖地听从，
立即轻轻把木桶
送上岸边的土地，
然后悄悄地退去。
母子俩绝处逢生，
已感到在地面停定。
谁能放他们出来呀？
上帝会扔下他们吗？
那儿子一下子站起，
用头去顶那桶底，
他稍稍用了点力气，
嘴里说："要能在桶底
开个窗户倒不赖！"
顶穿了，他终于走出来。

母子俩已得到自由；
看见荒野上一山丘，
蓝色大海绕周围，

山丘上橡树多苍翠。
儿子心里暗思量，
吃顿晚饭理应当。
他折下橡树枝一根，
用它弯成一张弓，
解下十字架的丝绳，
往橡枝的弓上一绷，
再折下一支芦苇秆，
削尖做一支利箭，
然后走到谷底里，
在海边寻找野味。

　他刚刚走到海滨，
就听到一阵呻吟……
看来海上不平静，
他一瞧——果然很不幸：
天鹅挣扎在海中，
头上老鹰在逞凶；
可怜的天鹅凡扑腾，
海水飞溅被弄浑……
那老鹰张开了爪子，
磨尖血腥的鹰嘴……
这时利箭一声响，
射中老鹰的颈项——
鹰血滴落在海中，
皇子放下他的弓；

只见老鹰海里沉，
呻吟不像鸟叫声，
天鹅在一旁游动，
猛啄凶恶的老鹰，
让它快点儿死去，
用翅膀击它入海底——
然后说起俄国话，
对着皇子把话拉：
“皇子，你救了我的命，
你是我的大救星，
你不要悲伤，为了我，
你有三天要挨饿，
你的箭已落到海里，
但这事没啥了不起。
我要好好报答你，
为你效劳在来日：
你救的不是天鹅，
是把个少女救活；
你射死的不是老鹰，
而是一个老妖精。
我永世不忘你恩德，
你到处可以找到我，
现在你先回转去，
别伤心，好好睡一睡。”

　天鹅就这样飞走，

剩下皇子和皇后，
两人都饿着肚子，
躺下睡觉过一日。——
皇子一睁开眼睛，
驱走昨夜的梦影，
他大大吃了一惊，
眼前是一座大都城。
城头雉堞紧相连，
白色城墙的后面，
一座座修院和教堂，
圆圆的屋顶闪金光。——
他赶快把皇后叫醒，
皇后也大吃一惊！……
他说："真有这种事？
准是天鹅找乐子。"
母子一起走近城，
刚刚走进了城门，
忽然四方钟声响，
震耳欲聋好洪亮；
人民涌出来欢迎，
唱诗班在赞美圣灵；
显贵们来迎接他们，
乘的马车还描金；
大家都高声颂赞，
给皇子戴上冠冕，
让他做公国的国君，

在这里统治他们——
他得到皇后的允许，
就在这座都城里，
当天做大公去上任，
名号叫公爵格维顿。

　风儿在海上漫游，
赶着船儿快快走；
船上的帆儿鼓满风，
船儿破浪往前行。
船上的人都惊奇，
在甲板上挤成一堆，
这小岛他们都熟悉，
如今却看到奇迹：
新城里屋顶金灿灿，
码头前有坚固的栅栏——
码头上放出排炮，
命令船舶快停靠。
客人们把船靠上岸，
格维顿请他们去宫殿，
让他们饱餐和畅饮，
并且向他们问讯：
“诸位做什么生意，
如今要到哪儿去？”
船上的客商都回答：
“我们走遍了天下，

贩卖名贵的货物——
专营紫貂和玄狐；
现在我们到期限，
径直朝东方扬帆，
要从布扬岛经过，
去著名的萨尔坦王国……”
这时公爵开了言：
“祝各位一路平安，
顺利航行过海洋，
去见光荣的萨尔坦，
请代我向他致敬。”
客人又起航，格维顿
满怀着忧伤，从岸上
目送着他们去远航；
他突然举目，看见
白天鹅浮游在海面。
“俊美的公爵，你好！
你为何阴天般苦恼？
这样忧伤是为什么？”
天鹅深情地对他说。
公爵悲伤地回答：
“忧愁快把我压垮，
正在咬噬我的心，
我想要见见父亲。”
天鹅说：“原来是这样！
听我说：你想不想

变成一只小蚊子，
跟着商船飞回去？”
说罢拍了拍翅膀，
把海水拍得哗哗响，
海水溅上公爵身，
把他溅得湿淋淋。
他马上缩成一点儿，
变成一只小蚊子，
小蚊子嘤嘤飞向前，
追上海上的商船，
它悄悄飞落在船儿上，
往一道缝隙里边藏。
风儿欢快地呼呼响，
船儿欢快地远航，
从布扬岛旁边经过，
去著名的萨尔坦王国，
那巴望已久的国度，
已隐隐出现在远处。——
一会儿客商们上了岸，
萨尔坦请他们去宫殿，
我们这一位勇士，
也跟着飞进宫殿里。
只见皇帝萨尔坦
浑身上下金光闪，
戴皇冠坐在宝座上，
脸上却带着忧伤；

而那织工、厨娘俩
和丈母娘巴巴里哈
就坐在皇帝的旁边，
对着他的眼睛看。
皇帝请客人们坐下，
接着向他们问话：
“贵客们去过何方？
航行时间有多长？
海外生活好不好？
有何奇闻可知道？”
船上的客商都回答：
“我们走遍了天下；
海外生活还可以，
但世上却出了奇迹：
海上本有一小岛，
陡峭险峻船难靠；
那是个荒凉的去处，
只长着一株小橡树，
如今出现一新城，
里面还有座皇宫，
教堂的圆顶金灿灿，
有楼房还有花园，
城里的公爵格维顿，
托我们向你致敬。”
萨尔坦皇帝很惊奇；
他说：“只要我活下去，

就要到奇岛去访问，
去拜访那位格维顿。”
而那织工、厨娘俩
和丈母娘巴巴里哈
不想让这位皇帝
去访问奇异的岛屿。
那厨娘向其余两个
丢了个眼色，开口说：
“海上有一座城市，
算得了什么奇事！
这种事才叫人叹服：
林中枞树下一松鼠，
它整天唱着歌曲，
不停地嗑着榛子，
那榛子可真希奇，
浑身裹的是金皮，
果肉是纯粹的绿宝石，
这才是真正的奇迹。”
皇帝听了很惊奇，
蚊子听了直生气——
它径直向阿姨飞去，
叮住她的右眼皮。
厨娘痛得白了脸，
昏过去，变成了独眼。
丈母娘、妹妹和近侍
嚷嚷着跑去捉蚊子。

“你这蚊子真该死！
我们一定要逮住你！……”
可它已飞出窗外，
飞回家，穿越过大海。

　公爵又来到海边，
凝视着蓝色的海面；
他举目望去，看见
白天鹅浮游在海面。
“俊美的公爵，你好！
你为何阴天般苦恼？
这样忧伤是为什么？”
天鹅深情地对他说。
格维顿公爵回答：
“忧愁快把我压垮；
据说有一个奇迹，
我很想知道。在某地
林中枞树下一松鼠，
这奇迹真叫人叹服——
它整天唱着歌曲，
不停地嗑着榛子，
那榛子可真希奇，
浑身裹的是金皮，
果肉是纯粹的绿宝石——
这也许是人们胡吹。”
白天鹅回答公爵：

“这事儿千真万确；
这个奇迹我了解，
行啦，我亲爱的公爵，
你不用这样烦恼，
为友情我乐意效劳。”
公爵心里乐滋滋，
高高兴兴回家去；
他刚刚走进庭院，
怎么？他一眼看见
高大的枞树下松鼠
当众嗑着金榛子，
它嗑出了绿宝石，
收集一个个金果皮。
均匀地堆成一堆堆，
吹口哨，唱着歌曲，
唱给正直的民众听：
“在花园里和菜园中。”
格维顿公爵很惊奇，
他说：“很好，谢谢你，
但愿上帝赐天鹅
和我一样的快乐。”
接着，公爵为松鼠
造一座水晶的小屋，
派人去给它守卫，
还派了一名管事
去算清榛子数，好处——

归公爵，荣誉——归松鼠。

风儿在海上漫游，
赶着船儿快快走，
船上的帆儿鼓满风，
船儿破浪往前行，
它驶过陡峭的岛屿，
它驶过雄伟的城市：
码头上放出排炮，
命令船舶快停靠。
客人们把船靠上岸，
格维顿请他们去宫殿。
让他们饱餐和畅饮，
并且向他们问讯：
“诸位做什么生意？
如今要到哪儿去？”
船上的客商都回答：
“我们走遍了天下，
做的是马匹的生意，
拿顿河公马做交易，
如今我们到期限，
可前面路途还遥远：
要从布扬岛经过，
去著名的萨尔坦王国……”
这时公爵开了言：
“祝各位一路平安，

顺利航行过海洋，
去见光荣的萨尔坦；
告诉他：公爵格维顿
向这位皇帝致敬。”

　　客人向公爵鞠个躬，
走出去又扬帆起程。
公爵走到大海旁——
天鹅在海浪上徜徉。
他祈求：我的心在恳求，
它把我远远地带走……
天鹅又溅他一身，
溅得他浑身湿淋淋：
公爵变成了苍蝇，
他立即飞起，飞进
海天之间的空际，
到船上，钻进缝隙里。

　　风儿欢快地呼呼响，
船儿欢快地远航，
从布扬岛旁经过，
去著名的萨尔坦王国——
那巴望已久的国度，
已隐隐出现在远处，
一会儿客商们上了岸，
萨尔坦请他们去宫殿。

我们这一位勇士，
也跟着飞进宫殿里。
只见皇帝萨尔坦
浑身上下金光闪，
戴皇冠坐在皇位上，
脸上却带着忧伤；
而丈母娘和那织工，
还有厨娘独眼龙
就坐在皇帝的旁边，
癞蛤蟆一般朝他看。
皇帝请客人们坐下，
接着向他们问话：
“贵客们去过何方？
航行时间有多长？
海外生活好不好？
有何奇闻可知道？”
船上的客商都回答：
“我们走遍了天下；
海外生活还可以，
但世上却出了奇迹：
海上有一个岛屿，
岛上有一座城市，
教堂的圆顶金灿灿，
有楼房还有花园；
皇宫前有一棵枞树，
树下有水晶的小屋，

住着驯熟的松鼠，
是一只贪玩的动物！
它整天唱着歌曲，
不停地嗑着榛子，
那榛子可真希奇，
浑身裹的是金皮，
果肉是纯粹的绿宝石，
侍从把松鼠守卫，
仆人们在把它服侍，
公爵还派去个管事，
把榛子的数目数数清，
军队向松鼠致敬；
果皮铸成了金币，
流通到世界各地；
姑娘们收集着绿宝石，
倒进仓库收藏起；
岛上人人成巨富，
只有宫殿没小屋；
城里的公爵格维顿，
托我们向你致敬。”
萨尔坦皇帝很惊奇；
他说：“只要我活下去，
就要到奇岛去访问，
去拜访那位格维顿。”
而那织工、厨娘俩
和丈母娘巴巴里哈

不想让这位皇帝
去访问奇异的岛屿。
那织工暗地里冷笑，
回头对皇帝说道：
“这算得什么希奇？
不过是松鼠啃石子，
吐出一块块金果皮，
堆好一堆堆绿宝石；
这事没什么可惊奇，
谁知道是不是事实。
世上奇事有[illegible]桩，
大海上掀起了波浪，
翻腾着，吼声连天，
涌上荒凉的海岸。
哗哗的海浪冲上岸，
海岸上一下子出现
勇士三十又三名，
鳌甲火焰般鲜明，
个个都勇敢俊美，
人人都年轻魁伟，
很整齐，像挑选过一般，
黑海王是他们的教官。
这奇迹才不同寻常，
说出来才理直气壮！”
聪明的客人不做声，
不想和她白争论。

皇帝听了很惊奇，
格维顿听了直生气……
他嗡嗡地朝阿姨飞去，
停在她的左眼皮，
那织工痛得白了脸：
惨叫了一声成独眼；
大家喊："快抓，快抓，
拍呀，拍呀，拍死它……
等着瞧！请稍稍等待……"
可公爵已飞出窗外，
他不慌不忙地出发，
越过大海飞回家。

公爵又来到海边，
凝视着蓝色的海面；
他举目望去，看见
白天鹅浮游在海面。
"俊美的公爵，你好！
你为何阴天般苦恼？
这样忧伤是为什么？"
天鹅深情地对他说。
格维顿公爵回答：
"忧愁快把我压垮——
我要让一样奇迹
搬到我这儿的领地。"
"你说的奇迹是哪一桩？"

“某地海上起波浪，
那浪涛吼声连天，
涌上荒凉的海岸，
哗哗的海浪冲上岸，
海岸上一下子出现
勇士三十又三名，
盔甲火焰般鲜明，
个个都年轻俊美，
人人都勇敢魁伟，
很整齐，像挑选过一般，
黑海王是他们的教官。”
天鹅回答公爵说：
“你就为这事难过？
别发愁，我亲爱的公爵，
这个奇迹我了解。
这些海上的勇士
正是我的亲兄弟。
回去吧，请不要难过，
等我的兄弟来做客。”

公爵忘记了忧伤，
回去坐在高塔上，
放眼往大海眺望，
大海掀起了波浪，
哗哗的海浪冲上岸，
于是海岸上出现

勇士三十又三名，
盔甲火焰般鲜明，
三十二勇士排两行，
那教官白发苍苍，
带着队伍往前行，
领着勇士们走进城。
公爵忙跑下高塔，
把尊贵的客人迎迓；
众人匆匆跑出城，
教官对公爵说分明：
“天鹅派我们来这里，
给我们下了道训示，
叫我们派出巡逻队，
把光荣的城市守卫。
从今以后每一天，
我们会走出海面，
一起来到这城邦，
守卫这高高的城墙，
我们很快会相见，
现在要回海里面；
空气里我们很难受。”
说罢众勇士回头走。

风儿在海上漫游，
赶着船儿慢慢走；
船上的帆儿鼓满风，

船儿破浪往前行，
它驶过陡峭的岛屿，
它驶过雄伟的城市；
码头上放出排炮，
命令船舶快停靠。
客人们把船靠上岸，
格维顿请他们去宫殿，
让他们饱餐和畅饮，
并且向他们问讯：
“诸位做什么生意？
如今要到哪儿去？”
船上的客商都回答：
“我们走遍了天下，
做的是宝剑的生意，
还做金银的交易。
如今我们到期限；
可前面路途还遥远，
要从布扬岛经过，
去著名的萨尔坦王国。”
这时公爵开了言：
“祝各位一路平安，
顺利航行过海洋，
去见光荣的萨尔坦。
告诉他：公爵格维顿，
向这位皇帝致敬。”

客人向公爵鞠个躬，
走出去又扬帆起程。
公爵走到大海旁——
天鹅在海浪上徜徉。
他又说：我的心在恳求……
它把我远远地带走……
天鹅又溅他一身，
溅得他浑身湿淋淋。
公爵马上就缩成
一只小小的蜜蜂，
小蜜蜂嗡嗡飞向前，
追上海上的商船，
它悄悄飞落在船儿上，
往一道缝隙里边藏。

风儿欢快地呼呼响，
船儿欢快地远航，
从布扬岛旁经过，
去光荣的萨尔坦王国，
那巴望已久的国度，
已隐隐出现在远处。
一会儿客商们上了岸，
萨尔坦请他们去宫殿，
我们这一位勇士，
也跟着飞进宫殿里。
只见皇帝萨尔坦，

浑身上下金光闪，
戴皇冠坐在宝座上，
脸上却带着忧伤。
而那织工、厨娘俩
和丈母娘巴巴里哈
就坐在皇帝的旁边，
三人四眼对他看。
皇帝请客人们坐下，
接着向他们问话：
“贵客们去过何方？
航行时间有多长？
海外生活好不好？
有何奇闻可知道？”
船上的客商都回答：
“我们走遍了天下，
海外生活还可以，
但世上却出了奇迹：
海上有一个岛屿，
岛上有一座城市，
那里每天有奇观，
海上掀起了波澜，
那浪涛吼声连天，
涌上荒凉的海岸，
汹涌的海浪冲上岸，
海岸上一下子出现
勇士三十又三名，

盔甲金子般鲜明，
个个都年轻俊美，
人人都勇敢魁伟，
很整齐，像挑选过一般，
黑海王是他们的教官，
和他们走出了海洋，
带领他们排成双，
他们组成巡逻队，
把这个小岛来守卫——
这个卫队很可信，
普天下最勇敢最勤奋。
那里的公爵格维顿，
托我们向你致敬。”
萨尔坦皇帝很惊奇。
他说：“只要我活下去，
就要到奇岛去访问，
去拜访那位格维顿。”
厨娘和织工没说话，
只丈母娘巴巴里哈
又是冷笑又咕唧：
“这还能叫我们惊奇？
不过是海里的一些人
走出来到处梭巡！
不管它是不是真情，
我看不值得吃惊，
世上哪有这奇事？

有个奇闻才真实：
一位公主在海外，
看着她，人们走不开；
她比日光还灿烂，
她给夜晚以光焰，
辫子下月亮放光芒，
额头上星星在闪亮。
她那么华贵端庄，
孔雀般仪态万方；
说起话来很好听，
像淙淙的小溪流水声。
这事说起来才真实，
这才是真正的奇迹。”
聪明的客人不做声，
懒得和老人婆争论。
皇帝听了很惊奇，
皇子听了很生气，
但他对外婆留点情，
没去蜇她的眼睛；
他在她头上嗡嗡转，
落在她鼻子上面，
在她鼻子上咬了咬，
鼻子上起了个大血泡。
又引起一场惊慌：
“快帮忙，看上帝面上！
来人哪！快抓，快抓，

捻死它，捻死它，捻死它……
等着瞧！请稍稍等待……”
可蜜蜂已飞出窗外，
它不慌不忙地出发，
越过大海飞回家。

公爵又来到海边，
凝视着蓝色的海面；
他举目望去，看见
白天鹅浮游在海面。
“俊美的公爵，你好！
你为何阴天般苦恼？
这样忧伤是为什么？”
天鹅深情地对他说。
格维顿公爵回答：
“忧愁快把我压垮——
人家都忙着结婚，
唯独我还没成亲。”
“你看中了哪一个？”
“世人都纷纷传说，
一位公主很可爱，
看着她，人们走不开。
她比日光还灿烂，
她给夜晚以光焰——
辫子下月亮放光芒，
额头上星星在闪亮。

她那么华贵端庄，
孔雀般仪态万方；
话儿甜蜜有真情，
像淙淙的小溪流水声。
不知这话真与假？”
公爵紧张地等回答。
白天鹅听了不做声，
想了想，把话先说清：
“不错！有那么个小娇娇，
可妻子并不是手套：
不能随手甩下来，
任意往腰带上一塞。
我有一句话奉劝，
你听听我的忠言：
你得把一切想仔细，
免得后悔来不及。”
公爵对着她起誓，
说他已经该娶妻，
有关这人生大事，
他已反复想仔细；
他将以满腔热忱，
把美丽的公主找寻，
他将要走遍天下，
哪怕到海角天涯。
天鹅对着他长叹，
说一声：“何必走这么远？

眼前有你的幸福，
我就是那个公主。”
这时她拍拍翅膀，
腾空飞到海浪上，
又从空中飞岸边，
落到矮树丛里面，
她把羽毛抖干净，
恢复了公主的原形：
辫子下月亮放光芒，
额头上星星在闪亮；
她那么华贵端庄，
孔雀般仪态万方；
说起话来很好听，
像淙淙的小溪流水声。
公爵拥抱着公主，
让她紧偎着胸脯，
然后马上带着她
去见亲爱的妈妈。
公爵跪下来请求：
“我最亲爱的母后！
我刚刚选了个妻子，
做你温顺的闺女。
请答应我们做夫妇，
请为我们俩祝福：
祝愿你的孩子们，
一辈子相爱相亲。”

母亲高举着圣像，
在他们谦恭的头上，
流着泪说道：“孩子们，
愿上帝赐福你两人。”
公爵没多作准备，
就和公主成婚配；
两人恩爱过日子，
只等着早生贵子。

　风儿在海上漫游，
赶着船儿快快走；
船上的帆儿鼓满风，
船儿破浪往前行，
它驶过陡峭的岛屿，
它驶过雄伟的城市；
码头上放出排炮，
命令船舶快停靠。
客人们把船靠上岸，
格维顿请他们去宫殿，
让他们饱餐和畅饮，
并且向他们问讯：
“诸位做什么生意？
如今要到哪儿去？”
船上的客商都回答：
“我们走遍了天下，
卖了些违禁的货色，

总算没白白奔波；
如今路途还遥远，
我们的家乡在东边，
要从布扬岛经过，
去著名的萨尔坦王国。”
这时公爵开了言：
“祝各位一路平安，
顺利航行过海洋，
去见光荣的萨尔坦；
请你们代我提醒他，
提醒他皇帝陛下：
他答应来这儿访问，
可是至今没动身——
请代我向他致敬。”
客人又扬帆起程，
这回公爵没有走，
和妻子一起没分手。

风儿欢快地呼呼响，
船儿欢快地远航，
从布扬岛旁经过，
去著名的萨尔坦王国，
那大家熟悉的国度，
已隐隐出现在远处。
一会儿客商们上了岸，
萨尔坦请他们去宫殿，

客人们都看见：皇帝
戴皇冠坐在宫殿里，
而那织工、厨娘俩
和丈母娘巴巴里哈
就坐在皇帝的旁边，
三人四眼对他看。
皇帝请客人们坐下，
接着向他们问话：
“贵客们去过何方？
航行时间有多长？
海外生活好不好？
有何奇闻可知道？”
船上的客商都回答：
“我们走遍了天下，
海外生活还可以，
但世上却出了奇迹：
海上有一个岛屿，
岛上有一座城市，
教堂的圆顶金灿灿，
有楼房还有花园；
皇宫前有一棵枞树，
树下有水晶的小屋；
住着驯熟的松鼠，
是一只奇异的动物！
它整天唱着歌曲，
不停地嗑着榛子；

那棒子可真希奇，
浑身裹的是金皮，
果肉是纯粹的绿宝石，
侍从把松鼠守卫。
那里还有个奇观：
海上掀起了波澜，
那浪涛吼声连天，
涌上荒凉的海岸，
汹涌的海浪冲上岸，
海岸上一下子出现
勇士三十又三名，
盔甲火焰般鲜明，
个个都勇敢俊美，
人人都年轻魁伟，
很整齐，像挑选过一般，
黑海王是他们的教官。
这个卫队很可信，
普天下最勇敢最勤奋。
公爵夫人很可爱，
看着她，人们走不开：
她比日光还灿烂，
她给夜晚以光焰；
辫子下月亮放光芒，
额头上星星在闪亮。
格维顿治理着这座城，
人人都把他赞颂；

他带信向你致敬，
还怨你言而无信：
‘他答应来这儿访问，
可是至今没动身。’”

皇帝再也忍不住，
命令快备船上路。
而那织工、厨娘俩
和丈母娘巴巴里哈
不肯放皇帝出去
访问那奇异的岛屿。
萨尔坦不听她们话，
叫她们别再瞎呱呱：
“我是小孩是皇帝？”
这回他可是动了气：
“我就走！”他把脚一顿，
走出去，砰一声关上门。

格维顿在窗口坐下来，
默默地眺望着大海：
大海上风平浪静，
海面只微微地翻动，
突然蔚蓝的远方
出现了一片帆樯，
萨尔坦皇帝的船舰
在平静的海洋上扬帆。

格维顿公爵猛一跳，
放开嗓子大声叫：
“我的亲爱的母亲！
我的年轻的夫人！
你们赶快来看呀：
父亲乘着船来啦。”
船队已驶近小岛，
格维顿用望远镜远眺：
皇帝站在甲板上，
用望远镜向他们遥望；
船上有织工、厨娘俩
和外婆巴巴里哈；
他们对陌生的岛屿
都感到非常惊奇。
突然间礼炮齐放，
铜钟也一起敲响；
格维顿亲自到岸旁，
迎接他的老父王，
还有厨娘、织工俩
和外婆巴巴里哈；
他把皇帝领进城，
话也没有说一声。

　　大家一起进宫殿，
大门旁盔甲耀眼，
三十三个大勇士

在皇帝面前侍立，
个个都年轻俊美，
人人都勇敢魁伟，
很整齐，像挑选过一般，
黑海王是他们的教官。
皇帝走进大庭院，
在高大的枞树下面，
松鼠在唱着歌曲，
不停地嗑着榛子，
它嗑出果肉绿宝石，
把它装进口袋里；
在那广阔的庭院里，
堆满了金子的果皮。
客人们一路走向前，
一看：少夫人像天仙，
辫子下月亮放光芒，
额头上星星在闪亮；
她那么华贵端庄，
孔雀般仪态万方，
她一旁搀扶着婆婆，
皇帝一看——认出了……
他真是大喜过望！
“我看见了什么？在梦乡？
是真的！”他喘不过气……
皇帝流下了眼泪，
他紧紧拥抱了妻子，

拥抱了儿子和儿媳，
大家围坐在桌边，
一家人在一起欢宴。
而那织工、厨娘俩
和丈母娘巴巴里哈
都吓得到处乱跑，
好容易把她们找到。
她们都承认了罪行，
痛哭着悔过自新；
皇帝因为这喜事，
便放她们回家去。
一天过去了——皇帝
醉醺醺被扶去休息。
我也去喝过酒和蜜，①
不过只沾湿了胡须。

① “蜜”指一种用蜂蜜做成的饮料。“酒”指啤酒。

渔夫和金鱼的故事

从前有个老头儿和老太婆，
住在蓝色的大海旁边；
他们住在破旧的土屋里，
已有整整三十又三年。
老头儿撒开鱼网去打鱼，
老太婆就在家里纺线。
有一次老头儿往海里撒网，
打上来的是一网海藻，
他又把鱼网撒到海里，
打上来的是一网海草，
第三次把鱼网撒到海里，
打上来的是一条小鱼，
不是普通的鱼——是一条金鱼。
这条金鱼说起了人话，
对着老头儿苦苦哀求：
“老大爷，把我放回海里吧！
我会送给你贵重的赎金：
你要什么我就给什么。”

老头儿很惊奇，心里挺害怕：
他打鱼已有三十又三年，
没有听说过鱼儿会说话。
他把金鱼放回了大海，
对它说了几句亲切的话：
“金鱼啊金鱼，上帝保佑你！
我不要你的贵重赎金，
你快回蓝色的大海里去，
在广阔的海洋里自由地游戏。”

　老头儿回到老太婆那里，
对她说了这件大奇事：
“我今天捕到了一条小鱼，
是条金鱼——不是普通的鱼；
这条鱼儿竟会说人话，
请求我放它回蓝色的大海，
答应给我贵重的赎金：
我要什么就给我什么。
可是我不敢要它的赎金，
就这样放它回蓝色的大海。”
老太婆对老头儿骂了起来：
“你是个大傻瓜，是个老糊涂！
不懂得向金鱼讨点赎金！
你哪怕要个木盆也好，
我们那个已破得不行。”

老头儿来到蓝色的大海边，
他看见大海在微微地翻动。
他开口叫唤那条金鱼，
金鱼向他游过来问道：
“老大爷，你需要什么？”
老头儿向它鞠个躬回答：
“行行好吧，小金鱼娘娘，
我那老太婆开口把我骂，
不让我这老头儿安宁：
她说要向你讨个新木盆——
我们那个已破得不行。”
金鱼听完马上就回答：
“别难过，回去吧，上帝保佑，
你们会有一个新木盆。”
老头儿回到老太婆那里，
老太婆已有了一个新木盆。
可是老太婆骂得更厉害，
“你是个大傻瓜，是个老糊涂！
你这个大傻瓜，只要了个木盆！
一个木盆能值几个钱？
大傻瓜，快回到金鱼那里去，
向它鞠个躬，要一座房子。”

老头儿来到蓝色的大海边
(蓝色的大海已变得浑浊)，
他开口叫唤那条金鱼，

金鱼向他游过来答道：
“老大爷，你需要什么？”
老头儿向它鞠个躬回答：
“行行好吧，小金鱼娘娘！
我那老太婆骂得更厉害，
不让我这老头子安宁：
爱吵闹的婆娘要一座房子。”
金鱼听完马上就回答：
“别难过，回去吧，上帝保佑，
会有的，你们会有座房子。”
老头儿向自己的土屋走去，
可那座土屋已没了踪迹；
只见一座有上房的房子，
屋顶有砖砌的白色烟囱，
底下有橡木板做成的大门。
老太婆坐在阳光灿烂的窗子下，
正对着丈夫骂个不停：
“你是个大傻瓜，真是个老糊涂！
你这个老糊涂，只要了座房子！
快回去，对着金鱼鞠个躬：
我不愿做个低贱的庄稼婆，
我要做个世袭的贵夫人。”
老头儿来到蓝色的大海边
（蓝色的大海翻腾着波浪）；
他开口叫唤那条金鱼，
金鱼向他游过来问道：

“老大爷，你需要什么？”
老头儿向它鞠个躬回答：
“行行好吧，小金鱼娘娘！
老太婆闹得比以前更凶，
不让我这老头儿安宁：
她不愿意做个庄稼婆，
她要做个世袭的贵夫人。”
金鱼听完马上就回答：
“别难过，回去吧，上帝保佑。”

老头儿回到老太婆那里。
他看见了什么？一座高楼。
老太婆站在门口的台阶上，
穿着贵重的貂皮坎肩，
头戴一顶锦缎的帽子，
脖子上挂着珍珠项链，
双手戴着镶宝石戒指，
脚上登着一双红皮鞋。
勤劳的仆人在面前侍立，
她鞭打他们，揪他们的头发。
老头儿对着老太婆说道：
“你好，尊贵的贵族夫人！
这一回你该心满意足了吧。”
老太婆对着他吼叫了一声，
把他打发到马厩里去干活。

一星期过去了，又过一星期，
老太婆闹得更加厉害；
她又叫老头儿到金鱼那里去。
“快回去，对着金鱼鞠个躬：
我不愿做世袭的贵夫人，
我要做自由自在的女皇。”
老头儿好不吃惊，对她说：
“你怎么，老婆子，你可是发了疯？
你连走路说话都不像！
要惹起整个王国的耻笑。”
这一下老太婆大发脾气，
对着丈夫给了一耳光。
“乡巴佬，你竟敢和我顶撞，
和我这世袭贵夫人争辩？——
快到海边去，老实告诉你：
你胆敢不依，就派人押你去。”

老头儿只好再到海边去
（蓝色的大海变得黑沉沉）。
他开口叫唤那条金鱼。
金鱼向他游过来问道：
“老大爷，你需要什么？”
老头儿向它鞠个躬回答：
“行行好吧，小金鱼娘娘！
我那老太婆这回又造反：
她已经不愿做贵族夫人，

她要做自由自在的女皇。”
金鱼听完马上就回答：
“别难过，回去吧，上帝保佑！
好吧！老太婆会成为女皇！”

老头儿回到老太婆那里。
怎么？他面前是一座皇宫。
他看见老太婆坐在皇宫里，
她做了女皇坐在餐桌旁，
大臣和贵族正在侍候她，
给她斟满外国的美酒，
她吃着花式的蜜糖饼干，
周围站着威武的卫士，
他们肩上都扛着斧钺。
老头儿一看，心中好害怕！
他连忙向老太婆深深地鞠躬，
嘴里说：“你好，威严的女皇！
这一回你总该心满意足了。”
老太婆看也不看他一眼，
下令把他从眼前赶走。
大臣和贵族连忙跑过来，
掐着他的脖子往外推。
到了门口，卫士们跑过来，
差点儿用斧头把老头砍倒。
人们纷纷耻笑老头儿：
“你这个老糊涂，真是活该！

得好好记住这教训，糊涂蛋：
往后别再做这种傻事！”

一星期过去了，又过了一星期，
老太婆又大吵大闹起来。
她派大臣去找她丈夫，
大臣把老头儿带来见女皇。
老太婆又对老头儿说道：
“快回去，对着金鱼鞠个躬。
我不愿做自由自在的女皇，
我要做主宰大海的霸王，
我要生活在海洋上面，
让这条小金鱼来把我侍候，
让它随时听候我差遣。”

老头儿一点不敢违抗，
不敢说一句不中听的话。
他又走向蓝色的海边，
看见大海掀起了风暴：
狂涛骇浪在海上逞凶，
汹涌翻腾着，喧嚣咆哮着。
他开口叫唤那条金鱼，
金鱼向他游过来问道：
“老大爷，你需要什么？”
老头儿向它鞠个躬回答：
“行行好吧，小金鱼娘娘！

我拿那可恶的婆娘怎么办？
她已经不愿做一个女皇，
她要做主宰大海的霸王；
她要生活在海洋上面，
让你亲自去把她侍候，
叫你随时听候她差遣。”
金鱼听完什么也没说，
只是用尾巴拍了一下水，
回头游入深深的海底。
老头儿久久地等着回答，
没等到，就回老太婆那里去——
只看到：眼前还是那土屋；
老太婆坐在土屋的门槛上，
面前还是那个破木盆。

死公主和七勇士的故事

皇帝向皇后辞了行，
便备好行装登程，
皇后就坐在窗口，
孤零零把皇帝等候。
从早晨等到黑夜，
她一直望着田野，
从拂晓等到夜深，
她望得眼睛发疼；
看不见亲爱的伴侣！
只看到大雪纷飞，
雪花落到田野上，
大地一片白茫茫。
转眼过去九个月，
她眼睛没离过田野。
就在圣诞节前夕，
皇后生了个闺女。
那做了父亲的皇帝，
那巴望已久的游子，

终于在一天黎明
从远方回到宫中。
皇后看了他一眼，
发出了一声长叹，
经不起突然的狂喜，
弥撒前竟与世长辞。

　皇帝长久地伤心，
怎么办？他究竟是凡人：
一年梦一般过去，
皇帝又娶了个妻子。
说实在，这妙龄的美女
当个皇后正合适：
她修长、苗条又白皙，
聪明伶俐有能耐；
但骄傲，会拿架子，
还很任性好妒忌。
在她的嫁妆当中，
还有一面小魔镜；
这面镜子有魔法，
它会对着人说话。
和镜子单独在一起，
她显得快乐又和气，
和它亲切地说笑，
把自己的美貌炫耀：
“亲爱的镜子，告诉我，

实实在在对我说：
世上是我最美丽，
比谁都红润和白皙？”
镜子当下就回答：
“当然是你，没二话；
皇后，是你最美丽，
比谁都红润和白皙。”
皇后她喜笑颜开，
乐得把双肩一抬，
她把双眼挤了挤，
又使劲弹响手指，
双手叉腰把身转，
得意地对着镜子看。

再说小公主那姑娘，
像蓓蕾在悄悄地开放，
这时候，她长啊长啊，
长大了，出落得像朵花，
白净的脸蛋黑眉毛，
性情温顺人称好。
有个王子叶里赛，
倾心于她的风采，
皇帝同意他求婚，
准备了嫁妆一份：
楼房一百四十幢，
城市七座可通商。

婚礼前姑娘们要聚会，
皇后忙打扮准备，
她坐到镜子前面，
边梳妆边和它交谈：
“告诉我，我是否最美丽，
比谁都红润和白皙？”
你猜镜子怎回答？
“你很美丽，没二话，
但公主比谁都美丽，
比谁都红润和白皙。”
皇后听罢跳起来，
气恼得把手一摆，
狠命地拍着魔镜，
拼命跺着鞋后跟！……
“你这镜子真缺德，
竟然对着我胡扯。
她怎能和我比漂亮，
我叫她别胡思乱想。
瞧她长成啥样子！
皮肤白点不希奇：
她母亲怀孕的时候，
整天对着雪地瞅！
你说说：和我来相比，
各方面她能更美丽？
承认吧：我比谁都美。
全国没人能相比，

找遍天下也白搭，
是不是？”镜子回答：
“还是公主最美丽，
还是她更红润更白皙。”
她毫无办法。心窝
猛燃着恶毒的妒火。
她把镜子扔凳下，
叫来丫环切纳卡，
对这个随身的丫环，
悄悄吩咐了一番：
把公主带到密林里，
浑身上下捆仔细，
就这样扔在松树下，
让饿狼跑来吃掉她。

跟妒妇怎么讲理？
争辩也没有意思。
切纳卡带公主进密林，
带着她越走越深，
公主猜到那居心，
几乎吓得掉了魂。
“亲爱的，”她苦苦哀求说，
“请问我有什么错？
姑娘，请高抬贵手，
等我当上了皇后，
我一定好好报答。”

丫环心里疼爱她，
没把她捆绑和害死，
放走她，还安慰了一句：
“别害怕，上帝保佑你。”
说罢转身回家去。
皇后问她：“怎么样？
那美人儿在什么地方？”
“她单独在林中留下，”
丫环这样回答她，
“双手捆得紧又紧，
准给野兽当点心，
不用再等待多久，
小妞儿准会把命丢。”

　传开了流言蜚语，
说公主不知哪里去！
可怜的皇帝好伤悲，
而那叶里赛王子
虔诚地向上帝祷告，
然后登程去寻找，
要找回心爱的美女，
要找回年轻的未婚妻。

　而那年轻的未婚妻
通宵徘徊在树林里，
这时候她走啊走啊，

发现了一个人家。
一条狗对着她汪汪叫，
跑到她跟前嬉闹。
公主走进了大门，
院子里一片寂静。
她缓缓地向前走去，
小狗亲热地跟随，
她走到台阶上面，
推了推门上的环圈，
门儿轻轻地打开，
公主走进房间来，
房间里长凳围一圈，
上面铺着羊毛毯，
神像下橡木桌一张，
旁边是铺瓷砖的炕。
公主一看就确信，
这儿住的是好人；
他们不会欺负她，
可这时没有人在家。
她在屋里走一圈，
仔细整理好房间，
把神像前的烛点亮，
还烧暖睡觉用的炕，
然后爬上高板床①，

① 俄罗斯木屋中靠墙壁搭在暖炕上方的床，约有一人高。

悄悄躺在那床上。

　快到吃饭的时辰，
院子里响起脚步声：
走进来七个大勇士，
七个红脸的大胡子。
老大说：“这事真希奇，
屋里干净又整齐。
有人整理过住宅，
等着主人回家来。
是谁呀？请把脸露露，
让我们友好地相处。
如果你是位老者，
就当我们的伯伯。
如果你是小伙子，
就是我们的兄弟。
如果你是老太太，
我们就当妈对待。
如果是美丽的少女，
你就是亲爱的妹妹。”

　尊重主人的意见，
公主爬下来见面，
她躬身向主人施礼，
红着脸表示歉意：
她没有受到邀请，

就走进他们的家中。
七勇士听她的谈吐，
知道她是个公主；
他们请公主坐下，
拿来馅饼招待她；
还把酒杯斟斟满，
用盘子端到她面前。
这种烧酒性子烈，
小公主再三辞谢；
她只把馅饼掰开，
稍稍尝了一小块。
她走了远路已很累，
请求让她睡一睡。
他们便领了姑娘
到楼上敞亮的卧房，
让她单独在那里，
好好在梦中休息。

日子一天天过去，
公主就住在树林里，
和七个勇士在一起，
一点不感到乏味。
每一天曙光熹微，
弟兄们就欢聚一起，
骑着马出去溜达，
打打灰色的野鸭，

让右手活动一下，
把萨拉钦人打下马，
或把鞑靼人的脑袋
从宽阔的肩上砍下来，
把五峰山契尔克斯人
一起赶出大森林。
公主一个人留下，
做女主人掌管这个家，
她打扫整理还做饭，
勇士们的话不违反，
她的话他们都照办，
这样过了许多天。

弟兄们都爱上姑娘，
有一次，天刚蒙蒙亮，
他们七个人一起
走进她的闺房里。
老大说："姑娘，你是
我们大家的好妹妹，
我们七个人都爱你，
我们大家都乐意
把你娶去做妻子，
可惜上帝不允许，
请你解决这问题：
嫁一个兄弟做妻子，
大家还把你当妹妹。

为什么你摇头推诿？
是拒绝我们的诚意？
是我们不讨你欢喜？”

“各位正直的好汉，
你们是我的亲兄长，”
公主向他们解释，
“我说话要是不老实，
就立刻一命归阴，
怎么办？我已经订婚。
我看你们都一样，
大家都聪明勇敢，
我衷心热爱你们，
但我已属于别人。
有位王子叶里赛，
他在我心中最可爱。”

七兄弟一言不发，
只把后脑勺抓抓。
“请原谅，问一声不算错。”
老大鞠个躬对她说：
“这事以后再不提。”
“我没有生你们的气，”
她对他们轻声说：
“我的拒绝也没错。”
求婚者向她行个礼，

便一起悄悄走出去，
大家还是在一起，
和和睦睦过日子。

再说那皇后，很恶毒，
她又想起了公主，
她不能放过这少女，
她久久生镜子的气，
终于又想起这镜子，
走过去把它捡起，
她坐在镜子前面，
怒气已烟消云散，
她又把美貌炫耀，
说话还眉开眼笑：
“你好，镜子，告诉我，
实实在在对我说：
世上是我最美丽，
比谁都红润和白皙？”
镜子当下就回答：
“你很美丽，没二话，
可是苍翠的树林里，
有个姑娘没名气，
住在七勇士家里，
她还是比你更美丽。”
皇后一听这句话，
马上奔向切纳卡：

“你竟敢欺骗我？老实说！”
丫环老实认了错：
如此这般。恶皇后
要用枷锁把她扣：
“如果不害死公主，
就叫你一命呜呼。”

　有一天，年轻的公主
在窗口纺纱织布，
把亲爱的哥哥们等候，
突然小狗在门口
凶狠地吠叫，她看见
一个修女来讨饭，
走到院子里，用手杖
赶着小狗。“老大娘，
请你再稍稍等候。”
她打着招呼在窗口。
“让我把小狗赶开，
给你拿点食物来。”
修女连忙回答道：
“你这姑娘真是好！
这条恶狗把我欺，
简直要把我咬死。
你瞧它闹得多厉害！
你还是到我跟前来。”
公主拿面包到门口，

刚从台阶往下走，
小狗就对她狂吠，
不让她走近老修女；
老太婆向姑娘靠靠拢，
狗儿比野兽还凶，
直向她扑去。“真蹊跷，
看样子它一夜没睡好。”
公主对老太婆说道：
“接住！”她扔去面包。
“谢谢你。”老太婆答道，
伸手接住了面包。
“愿上帝赐你幸福，
让我回个礼，接住！”
她扔出一个苹果，
金黄、新鲜、汁水多……
那狗儿急得乱跳，
对着公主汪汪叫……
可公主已接住苹果。
“你快吃苹果吧，亲爱的，
吃吃苹果解解闷，
为这饭我感谢不尽……”
老太婆说完鞠个躬，
就消失得无影无踪……
小狗跟公主跑回家，
可怜巴巴望着她，
汪汪叫，好像在警告，

仿佛它心痛如绞，
仿佛对公主说话：
“快扔掉！”公主摸摸它，
用手轻轻拍拍它，
“怎么，小鹰，怎么啦？
快躺下！”她走进屋里，
轻轻把门儿关闭，
在窗前坐下来纺纱，
等待着主人回家，
但她总望着苹果。
它已熟透水分多，
那么新鲜而芬芳，
红艳艳，整个儿金黄，
就像灌满了蜜汁！
透明得能看见种子……
她想等到饭前吃，
可是终于等不及，
她伸手把苹果拿起，
送到鲜红的嘴唇里，
她轻轻咬了一口，
咽下一小块果肉……
突然，我这小宝贝，
摇晃一下断了气，
白嫩的双手往下垂，
金黄的苹果掉下地，
一双眼珠往上翻，

她倒在神像下边，
头歪在长凳上面，
无声无息不动弹……

这时候七个兄弟
进行过英勇的袭击，
成群结队回家里。
小狗向院子奔去，
对着七勇士狂吠，
在前面领路。“出了事！”
兄弟们都说：“免不了
有祸事。”便策马奔跑，
走进门——惊叫一声，
狗向那苹果直奔，
边吠叫边发脾气，
把苹果一口吞下去，
接着便倒下断了气，
可见苹果里灌毒汁。
面对着死公主，兄弟们
心里都悲痛万分，
他们都低头肃立，
念着神圣的祷词，
扶起她，给换了衣装，
准备要把她安葬，
可后来改变了主意，
她像在梦乡中安睡，

那么鲜艳而安适，
只是停止了呼吸。
他们等了她三天，
可她没有回人间。
他们便举行了葬礼，
把年轻公主的遗体
放进水晶棺材里，
然后这七个兄弟
把它抬到荒山去，
一直等到半夜里，
才把公主的灵柩
小心用铁链拴住，
系在六根柱子上，
在周围筑一道栅栏——
然后对死去的妹妹
低低地一躬到地，
老大说："你好好地安息，
你的美貌已凋萎，
是邪恶把你摧残；
愿你的灵魂早升天。
我们爱你情意深，
你为情人守了身——
没有人能够得到你，
唯有死神接你去。"

就在这一天，恶皇后

在把好消息等候，
她悄悄拿起镜子，
又向它提出那问题：
“告诉我，我是否最美丽，
比谁都红润和白皙？”
于是她听到回答：
“是你，皇后，没二话，
世界上是你最美丽，
比谁都红润和白皙。”

　这时候叶里赛王子
为了寻找未婚妻，
正在全世界飞奔。
找不到！他哭得好伤心，
不管他问到什么人，
没有人能回答这疑问；
有人当面嘲笑他，
有人躲开不回答；
后来这个年轻人
就去找红太阳问讯。
“我们亲爱的红太阳，
你整年在空中游逛，
让严冬迎来阳春，
你能看到每个人。
你能不能回答我，
在世上你可曾看见过

一个年轻的公主?
我是她的未婚夫。”
“亲爱的，”红太阳答道，
“那公主我没有看到。
也许她已不在人世。
月亮是我的邻居，
也许曾和她相遇，
或发现她的踪迹。”

　叶里赛忧心如焚，
等到了黑夜来临。
一等到月亮上云头，
他就赶上去恳求。
“月亮，月亮，好朋友，
金光闪闪的号角!
你在漆黑中升起，
圆圆脸，晶莹的眸子，
星星爱你仪态好，
一眼不眨对你瞧。
你能不能回答我，
在世上你可曾看见过
一个年轻的公主?
我是她的未婚夫。”
“好兄弟，”明月答道，
“那美女我没有看到。
只有轮到我值班，

我才走出来巡天。
公主跑过去的时候，
大概没轮到我看守。”
王子回答：“真可惜！”
明月又说了下去：
“等一等，也许风知道，
它会帮助你寻找。
现在你就去找它，
请不要难过，再见吧。”

叶里赛没垂头丧气，
呼喊着，向风儿奔去：
“风啊，风啊！真有劲，
能驱走成堆的乌云，
使海洋汹涌澎湃，
吹遍了山川湖海，
对谁都无所畏惧，
只敬奉一个上帝。
你能不能回答我，
在世上你可曾看见过
一个年轻的公主？
我是她的未婚夫。”
狂风回答说：“等一等，
有条溪流很平静，
后面有一座山岭，
山岭里有一个山洞；

山洞里凄凉幽暗，
摇晃着一具水晶棺，
用铁链系在柱子上。
在那荒僻的地方，
从来没有过人迹；
棺材里是你的未婚妻。”

风儿又继续赶路。
王子他号啕大哭，
接着往荒山走去，
寻找美丽的未婚妻，
哪怕看一眼也好。
就这样他一直往前跑；
他面前耸起一座山；
四下里荒无人烟；
山下有个黑洞口，
他便匆匆往里走。
他面前凄凉幽暗，
摇晃着一具水晶棺，
那具水晶棺里面，
美丽的公主在长眠。
他使尽浑身力气，
把公主的棺材猛捶。
棺材终于被敲破。
那少女突然间复活。
眼睛吃惊地望望，

她在铁链上摇晃，
叹了一口气说道：
“睡了多久啊，这一觉！”
她从棺材里跃起……
啊！……两人哭成一堆。
王子把公主抱起，
从暗处向亮处走去，
两个人起程回家，
高兴地倾诉知心话。
消息在到处传播：
皇帝的女儿还活着！

这时那狠毒的后娘
在宫里闲得发慌，
她坐在镜子跟前，
又和它单独交谈。
她问：“我是否最美丽，
比谁都红润和白皙？”
镜子听了就回答：
“你很美丽，没二话，
但公主还是最美丽，
还是她更红润和白皙。”
恶后娘暴跳如雷，
把镜子摔得粉碎，
她拔脚往门外跑去，
正好和公主相遇。

从此患了忧郁病，
这皇后不久就丧了命。
人们刚把她掩埋，
马上把婚礼安排，
叶里赛王子和未婚妻
两人举行了婚礼；
这样丰盛的婚宴，
创世以来没看见；
我也去喝过酒和蜜，
不过只沾湿了胡须。

金鸡的故事

在一个遥远的地方，
在一片遥远的国土上，
有个皇帝叫达顿，
打从年轻时就凶狠，
他常常兴风作浪，
派兵去侵犯邻邦；
如今他渐入老境，
已不想再动刀兵，
只想要安享太平。
可是邻邦不答应，
常来骚扰老皇帝，
搞得他国无宁日。
为保卫边疆的土地，
抵御敌人的攻击，
他必须经常保持
一支庞大的军队。
将军们没有打瞌睡，
要招架还是来不及。

以为南方有敌情，
却从东方来入侵！
对付了这里，顽敌
又从海上来袭击。
皇帝恨得泪潸潸，
直气得寝食难安。
兵荒马乱怎度日！
他只好求人来救急，
他去求一个贤人，
是个星相家和阉人。
他派人以礼相请。

那贤人果然光临，
他从一个口袋里
捉出了一只金鸡，
对着皇帝说端详：
“把金鸡放在屋尖上，
我的这只小金鸡，
将是你忠实的卫士：
如果四方都太平，
它就蹲着很安静；
一旦在什么地方
需要你出兵去打仗，
或者有敌军来侵犯，
或者有什么灾难，
那时我的小金鸡

就会把鸡冠竖起，
喔喔啼，拍拍翅膀，
转向出事的地方。”
皇帝谢过那阉人，
答应重赏他黄金。
皇帝狂喜地说道：
“为了酬谢这功劳，
我要满足你要求，
要什么，只要你开口。”

金鸡在高高的屋尖上
开始向国境瞭望。
一看到哪里有险情，
它就像从梦中惊醒，
抖擞精神拍翅膀，
转向出事的方向，
高声叫：“喔喔喔，没有事，
安心做你的皇帝！”
于是四方都平静，
没有人敢挑起战争。
就这样达顿皇帝
抵御四方的侵袭！

一两年过得很太平，
金鸡也一直很安静。
有一次可怕的吵闹声

把达顿皇帝给吵醒：
“陛下，人民的父亲！
大事不好快醒醒！”
将军们跑进来报告。
“诸位，什么事喧闹？”
达顿打呵欠问道：
“是谁啊？什么事不好？”
将军们齐声说道：
“金鸡在那里啼叫；
京城里一片慌乱。”
皇帝到窗口一看，
金鸡在屋尖拍翅膀，
把鸡头转向东方。
事不宜迟：“快一点！
大家上马！莫迟延！”
皇帝派兵去东方，
大儿子率军去打仗。
金鸡不叫闹声停，
皇帝又昏昏入了梦。

　八天很快就过去，
前方军队没消息：
到底是否交过兵，
达顿一点不知情。
金鸡再次喔喔啼，
皇帝又派去军队；

这回派去小儿子，
为他大哥去解围。
金鸡又恢复平静，
可前方还是没音讯！
八天很快又过去，
人们惊慌地过日子；
金鸡又一次喔喔啼，
皇帝第三次调军队，
往东方御驾亲征，
但不知是否能取胜。

这军队日夜兼程，
他们都疲惫难忍。
无论是战场、营盘，
还是高高的坟山，
达顿一路没碰到。
他想："这事好蹊跷。"
第八天很快就过去，
皇帝带军队到山里，
在高高的群山当中
发现一顶绸帐篷。
帐篷旁静得出奇；
在一道狭小的山谷里，
到处是战死的士兵。
皇帝忙走进帐篷……
多么可怕的场面！

两个儿子在面前；
他们都丢盔弃甲，
曾用利剑相刺杀，
僵死地在地上躺下。
战马在草地上溜达，
草地上踩得乱糟糟，
鲜血染红了野草……
皇帝痛哭着："多不幸！
孩子们，我的两头鹰
双双落进了罗网！
苦啊！我该去见阎王。"
大家都痛哭失声，
山谷也跟着呻吟，
群山的心脏在震荡，
突然那丝绸的篷帐
敞开了……一个女郎，
舍马哈城①的女皇，
像朝霞一样绚丽，
走出来迎接皇帝。
像夜鸟对着旭日，
皇帝望着她眸子，
惊呆了，完全忘记
两个儿子的惨死。

---

① 公元九至十六世纪希尔凡国都城，今阿塞拜疆城市。此处泛指一般的东方。

她嫣然一笑，对皇帝
恭恭敬敬行个礼，
然后挽着他的手，
就往帐篷里边走。
她让他在桌边坐下，
用各种美食招待他；
然后在锦缎的床上
安排他睡个酣畅。
过了一礼拜工夫，
他已完全被征服，
他喜不自胜着了魔，
总和她饮酒作乐。

　皇帝终于起了驾，
带上自己的兵马，
带上年轻的女郎，
浩浩荡荡回家乡。
消息跑得比他快，
真真假假都传开。
到了京师城门下，
百姓喧闹着来迎迓——
大家跟在銮驾旁，
追随着达顿和女皇；
达顿向大家致意……
忽然看见人群里
萨拉钦白帽头上戴，

头发天鹅般雪白，
走着老朋友——阉人。
“你好啊，我的老先生，
有事吗？”皇帝说道，
“走近些！有何见教？”
“皇上！”那贤人回答，
“到了清账的时候啦。
记得吗？为我的效劳，
你曾答应给酬报，
你要满足我要求，
要什么，只要我开口。
请你给我这女郎，
舍马哈城的女皇。”
那皇帝大为惊愕。
“什么？”他对老头说：
“是魔鬼附上你的身？
还是你头脑发昏？
你在转什么念头？
我答应满足你要求，
但凡事都有个限度！
你要姑娘是何故？
我是谁？你应该知道，
什么你都可以要，
哪怕是御马和财宝，
哪怕是贵族的封号，
哪怕是王国的一半！”

“我什么都不希罕！
请你给我那女郎，
舍马哈城的女皇。”
皇帝回答那贤人，
他啐了一口：“不行！
我让你空手回去。
你这是咎由自取；
快滚开，趁你还没死！
来人，把老头拉下去！”
老头儿还想争辩，
可跟皇帝吵不合算；
皇帝抓起了权杖，
打在老头脑门上，
老头儿倒下送了命。
整个京城都震惊，
那女郎嘻嘻哈哈，
对这罪孽并不怕。
那皇帝心惊胆战，
却对女郎扮笑脸。
他乘马车进了城，
忽然发出个响声，
当着全城人的面，
那金鸡飞下了屋尖；
飞到马车的上方，
落在皇帝的头顶上，
它拍拍翅膀啄他头，

然后一下子飞走……
达顿从车上滚下来！
哇一声呜呼哀哉。
那女皇已不知去向，
就像没来过一样。
童话是假寓意长！
训诫青年是良方。

题 解

努林伯爵

《努林伯爵》写于一八二五年十二月十三日和十四日，发表于《一八二八年北方之花》（丛刊）。基本情节是写与普希金放逐地相邻的诺伏尔日县不久前发生的一个“有趣事件”。普希金在《关于〈努林伯爵〉的札记》里提到，他读了莎士比亚的长诗《鲁克丽丝受辱记》，产生了写一篇讽刺性仿作的想法，他最初把这首诗题为《新塔昆涅斯》。普希金可能受到莎士比亚长诗的启发而写了这首诗，但内容和《鲁克丽丝受辱记》相去甚远，不能说是一首仿作。长诗发表后，保守文人纳杰日津曾攻击它“不道德”“自然主义”，但别林斯基却给以高度评价，认为普希金真实地表现了俄国的地方生活。

波尔塔瓦

这首长诗于一八二八年四月五日动笔，从六月到九月间断了一段时间，然后继续写作。第一歌完成于十月三日，第二歌完成于十月九日，第三歌完成于十月十六日。献词写于十月二十七日，是献给谁的，难以确定。在草稿中有一句题词：“我爱这个可爱的名字。”（原文为英语）草稿上还有一段未写完的诗：

你是我心中唯一珍爱的人，
没有你……世界只是一片
寒冷的西伯利亚荒原。

据此苏联文艺理论家晓戈列夫认为长诗是献给尼·尼·拉耶夫斯基将军的女儿、跟十二月党人丈夫去西伯利亚服苦役的玛丽亚·沃尔康斯卡娅的，但此说未能证实。

有关长诗的创作，普希金的朋友尤泽福维奇的回忆录中说道："天气极为恶劣，他坐在家里，整天写作，甚至在睡梦中都在构思诗句，因此往往夜里从床上跳起来，摸黑把诗句写下来。要是他饿了，就跑到附近的小饭馆去，可诗句老是萦绕在心头，于是到那里他随便吃了点东西，便急忙跑回家写下他在路上和吃饭时想出来的诗。这样他往往一昼夜就能写几百行诗。有时他的一些想法没有用格律写成，就先用散文记下来，随后进行修改润色，最后草稿中剩下的诗句往往不到四分之一。我看到过他的一些草稿，上面涂满了字，简直无法辨认：在删去的字句下面又有几行删去的字句，以致纸上没有一点空白之处。尽管如此，我记得他写成《波尔塔瓦》只用了三个星期。"①

一八二九年出版的《波尔塔瓦》第一版附有一篇序言：

波尔塔瓦会战是彼得大帝统治时期的一个最重要和最幸运的事件。这一战使他摆脱了一个最危险的敌人，巩固了俄国在南方的统治，保全了北方新的经济设施，向国家证明了沙皇所进行的改革的必要性和获得的成功。

---

① 见《伟大诗人普希金》第517页。上海译文出版社1989年版。

瑞典国王的错误已成了谚语。人们责备他粗心大意，认为他进军乌克兰是轻率的。无法使批评者满意，尤其在失误之后。然而查理这次进军避免了拿破仑的众所周知的错误：他没有向莫斯科进攻。他怎么会想到，一向不安定的小俄罗斯并不为它的黑特曼所作出的榜样所吸引，不会起来暴乱，反对彼得不久以前开始的统治，莱文豪普特①在三天以后将被击溃，还有，国王所率领的二万五千名瑞典军队会跑在纳尔瓦逃兵的前面。彼得本人迟疑了很久，想避开决战，**把它视为一件可怕的事**。在这次进军中，查理十二从来没有这样对自己的幸运缺乏信心，这种幸运后来被彼得的天才所获得。

马泽巴是那个时代最杰出的人物之一。某些作家想把他描写成争取自由的英雄、新的波格丹·赫米尔尼茨基。历史却说明他是个名利熏心的人，一个醉心于阴谋和暴行的家伙，他的恩人萨莫伊洛维奇②的诽谤者，杀害不幸情人父亲的凶手，彼得在面临胜利时的叛徒，查理失败后的出卖者。他那被教会诅咒的死日也逃不过人类的咒骂。

有人在一部浪漫主义小说里把马泽巴描写为老懦夫，在一个武装的女人面前大惊失色，想出一种适用于法国传奇剧的精妙惊惧神色的人，等等。最好还是深入揭示和解释这个叛乱黑特曼的真实性格，而不要随意歪曲一个历史人物。

一八二九年一月三十一日

---

① 莱文豪普特（1659—1719），瑞典将军，北方战争期间率领一个军，在列斯纳亚被打败。在波尔塔瓦会战中任步兵司令，交战后率瑞典军残部投降。

② 萨莫伊洛维奇（？—1690），乌克兰第聂伯河左岸头领（1672—1687）和右岸头领（1674年起）。

塔齐特

长诗写于一八二九年末到一八三〇年初，即普希金从高加索回来以后，未写完。普希金有过一个提纲，对长诗下面的情节可提供一个概念。长诗在普希金逝世后的一八三七年发表于《现代人》杂志第七卷，茹科夫斯基给它加了个标题——《加鲁勃》，系“加苏勃”（塔齐特父亲的名字）之误。

提纲：

一

葬仪。

乌兹金和小儿子。

I 一天——扁角鹿——邮车——格鲁吉亚商人。

II 鹰，哥萨克。

III 父亲赶走他。

少年和修道士，

爱情，被抛弃者。

战斗——修道士。

二

1 埋葬。

2 三天。信基督教的契尔克斯人。

3 商人。

4 奴隶。

5 凶手。

6 放逐。

7　爱情。

8　求婚。

9　拒绝。

10　传教士。

11　战争。

12　战斗。

13　死亡。

14　尾声。

科隆纳一人家

长诗于一八三〇年十月写成，一八三三年发表于《新居》(丛刊)。当时一些保守批评家希望他为沙皇的战争歌功颂德，要求他通过作品进行道德说教，对此普希金写了这首诗作为回答。这首诗写的是彼得堡郊区一个寻常人家的日常生活，带有一种戏谑轻松的调子，表明了诗人对那些保守文人的轻蔑，从中也可以看到普希金和保守阵营的斗争。

这首诗用八行体写成，全诗四十节，每节八行。每一节中前六行用交叉的三叠韵，后两行用成对韵，排列起来为 abababcc。这种形式和其他长诗都不相同。

叶泽尔斯基

一八三二年普希金考虑写一部新的大型作品——一部长诗，甚至是第二部“诗体长篇小说”，用“奥涅金诗体”写作。一八三三年初的几个月，普希金致力于这首长诗的写作，后来苏联研究家给它加了个题目——《叶泽尔斯基》，这是主人公的名字。《叶泽尔斯基》没有写完。一八三三年年中誊清了十五节，这个片断仅仅是长诗的引子。诗人后来几次想把这首长诗写下去。一八三五年他改写了叶泽尔斯基的家世，把主人公的姓叶泽尔斯基改为奥涅金，似乎想给《叶甫盖尼·奥涅金》写一部续集。一八三六年六月至八月，他把写好的片断改为《我的主人公的家世》，加上《讽刺性长诗的片断》的副题发表于《现代人》杂志第三卷。普希金在《铜骑士》中利用过《叶泽尔斯基》中的一些内容，但不能把这两首长诗等同看待。

安哲鲁

《安哲鲁》的创作始于一八三三年二月，同年十月二十七日完成于波尔金诺。一八三四年发表于《新居》（丛刊）第二卷。这首长诗是莎士比亚悲剧《一报还一报》的改写，普希金曾想把这个悲剧译成俄文。普希金认为莎士比亚这部剧作中所写的伪君子比莫里哀喜剧中的伪君子答尔丢夫更深刻。他在《桌边漫话》中说："莫里哀笔下的伪君子追逐自己恩人的妻子，是假仁假义的。接受财产的继承权，是假仁假义的；要一杯水，是假仁假义的。莎士比亚笔下的伪君子以虚假的严厉态度宣读判决书，但他却是公正的；他处心积虑地借对一名绅士的判决来为自己的残忍作辩解；他用强有力的、引人入胜的诡辩，而不是用杂以虔诚和殷勤的可笑态度勾引童贞的少女。安哲鲁是一个伪君子——因为他的公开行动与他的秘密欲望是相矛盾的啊！这个性格是多么深刻啊！"①

① 见《普希金论文学》第96页。漓江出版社1983年版。

铜骑士

长诗一八三三年写于波尔金诺。十月六日动笔，十月三十一日完成。这是普希金的最后一首长诗，是诗人对俄国历史命运进行多年思考的艺术总结。长诗中彼得一世的形象是辩证而复杂的，他不仅是一个倡导巨大改革的沙皇、俄罗斯国家的强大奠定者，而且是一个冷酷无情的独裁者，对前进道路上的一切障碍都予以无情的排除。这个形象立刻引起普希金的“最高”检查官尼古拉一世的警觉。诗人于一八三三年十二月十四日十二月党人起义纪念日在日记中写道：“《铜骑士》连同皇帝的批语还给我了。‘偶像’一语不能获得最高检查官的通过。

面对着这座新兴的都城，
古老的莫斯科已黯然失色，
犹如寡居的太后站立在
刚刚登基的女皇一侧。

这些诗句被勾去。许多地方打了问号。”如果接受沙皇的修改意见，那就会削弱作品深刻的历史政治涵义，因此诗人决定暂不发表这个作品。诗人生前只在一八三四年于《读书文库》发表过序诗（到“惊扰彼得永恒的安息”为止），冠以《彼得堡·长诗片断》的标题。全诗只在普希金逝世后由茹科夫斯基擅自作了许多修改，发表于一八三七年的《现代人》杂志和安年科夫出版的最初两部《普希金文集》（1841 年和 1855 年）。一直到苏维埃时代，长诗才得以恢复原来的面貌出版。

神父和长工巴尔达的故事

一八三〇年九月完成于波尔金诺，根据奶妈阿琳娜·罗季昂诺夫娜所说的故事写成。普希金生前由于书刊检查机关的阻挠未能出版。首次发表于一八四〇年，由茹科夫斯基根据检查机关的意见作了修改。

原诗采用成对韵，即每两行一个韵。其他童话诗，除《母熊的故事》和《渔夫和金鱼的故事》外，均采用这种韵律。

母熊的故事

大约写于一八三〇年，未完成。题目是后来的编辑加的，原诗只有草稿，无韵。

萨尔坦皇帝，
他的儿子非凡而高强的勇士
格维顿·萨尔坦诺维奇公爵
和美丽的天鹅公主的故事

一八三一年八月写于皇村，根据奶妈给他说的故事写成。一八三二年发表于《普希金诗集》第三部。

渔夫和金鱼的故事

一八三三年十月十四日于波尔金诺写成，发表于《读书文库》一八三五年第五期。原诗无韵。

死公主和七勇士的故事

一八三三年十一月完成于波尔金诺，根据奶妈说的故事写成。发表于《读书文库》一八三四年第二期。

金鸡的故事

写于波尔金诺，一八三四年九月完成，发表于《读书文库》一八三五年第四期。由于诗中有“跟皇帝吵不合算”这样的诗句，普希金和沙皇的关系趋于尖锐，当时他提出辞职的要求被沙皇断然拒绝。此外书刊检查机关还不能通过“安心做你的皇帝”“童话是假寓意长！训诫青年是良方”等诗句。

...Приют мирный, уж недолго мне
В изгнаньи мирном оставаться.

...Нахожусь я в глухой деревне — скучно,
да нечего делать; здесь нет ни моря,
ни неба полудня, ни итальянской оперы.

...Приют мирный, уж недолго мне
В изгнаньи мирном оставаться.

...И забываю мир — и в сладкой тиши
Я сладко усыплен моим воображень
И пробуждается поэзия во мне.